U0055919

外面的世界

劉梓潔

推薦序／

她是文字的精靈

作家／黃大米

恭喜你拿起這本書，想必你上輩子應該有燒好香吧！不然怎可能這樣有福氣跟慧根，在上千萬本的茫茫書海中，你沒有拿起左邊那本，也沒拿起右邊那本，剛巧拿起榮獲在下、敝人我，五顆星評價的書，你說這是不是好棒棒，我的推薦序就寫到這，你可以去櫃台結帳了。（太靠么了，請認真點推薦好嗎？）

想知道更多內容才要下訂，好吧，真誠無比的推薦序正式開始，請好好閱讀：

當劉梓潔的《父後七日》暢銷七萬本，甚至還拍成電影時，我對這些都渾然未知，文學離我很遠，我也沒想過有天會提筆寫作。此時，我跟劉梓潔活在兩個時空，我是文壇的麻瓜，她是聰明絕頂的妙麗，征戰文學獎，帥氣地拿下冠軍寶座，讓許多文青看不到車尾燈。

直到有天，我已經分手的男友，推薦我看劉梓潔的作品《真的》，我被她說故事的能力震撼住，天靈蓋一秒被雷打到，中猴似地，開始搜尋她所有的作品，像是個暴發戶般，豪氣地全部買下，一本本看完。之後只要看到作者是「劉梓潔」三個字，我就會買，她成為一個文字品牌，讓你甘願用新台幣讓書下架。我懷抱著無比感謝心情對前男友說，你這輩子送給我最大的禮物就是，認識「劉梓潔」。

為什麼這樣說呢？當時我才剛開始寫作，總拿捏不定自己的文字方向，是該忠於自己活潑又頑皮的個性，認真寫點發自內心的廢文，還是乖乖扮演成功人士，如同神祇一般彷彿全知全能，擁有大智慧似地論述人生。後者這條路顯得非常安全，畢竟有太多專家的書寫方式都是這個套路，我非常不想這樣，總覺得那樣的筆法，真是甲仙里的資深里長，假仙得不得了啊啊啊啊！但劉梓潔的書寫方式非常不一樣，她是文字的精靈，說故事的方式很俏皮，在感受到她的文字魔力後，我猶如被打通任督二脈，驚呼這樣很可以！

她的文筆除了有文學性以外，還兼具通俗性與幽默，當你翻閱她的作品，靈魂會走入優雅的文字幻境，身心靈沉浸在一種美善的境界，正當一切靜好時，你會突然被她精心特別鋪成的笑哏打中，錯愕傻眼一秒後，對著書本哈哈大笑起來，讚歎一聲，劉梓潔，真有妳的！

她每一本書裡寫到的人物，都非常真實，每個角色的對話，總像是我們在跟狐群聚會在一起時，會說的垃圾話。在廢話滿天飛中，勾勒出人物的個性，生活瑣碎的痕跡在她的筆下立體起來，透過她的文字，你好像跟著主角一起上夜店把妹，跟著主角一起追愛。人在家中坐，心已經雲遊四海，偷窺了許多別人精采的人生。

當出版社邀約我寫她的推薦序時，我內心冒出的第一個想法是：「我的媽呀！這邀約太夢幻了，我憑什麼？我何德何能？文壇麻瓜憑什麼去推薦模範生妙麗，妙麗會不會覺得這是人生中最大的汙點？到底B咖為什麼能夠去推薦A咖呢？」雖然內心有一千個不安，我還是不知羞恥地說：「好！我願意！」老娘我拚了啦，出版社走錯路只有一次，我要把握這次的誤打誤撞，跟文壇妙麗——劉梓潔說聲我愛妳！

迷妹趁亂告白完畢，讓我們談談這本《外面的世界》吧。（終於進入主題，恭喜老爺，賀喜夫人。）

書中的主角們每次的相遇跟離別，像命中註定又像是命運的捉弄，故事裡面的愛情，不像童話般公主一定屬於王子，甚至企圖挑戰你「從此過著幸福快樂的日子」要如何定義。永遠有多永遠，誰都看不見，眾生盼望的「天長地久」與「一心一意」，要經歷多大的考驗？人性的脆弱更總在一念之間，當「真愛」包藏了雜質，藏汙納垢後愛情，如果彼此還能將「髒東西」視而不見，可能是更大的包容與深愛。我愛你，即便你不完美，我也想將愛進行到底的堅定，可能比轉角撞到愛的偶遇更令人動容。

什麼是真愛？什麼是錯愛？那些過往以為的真愛，會不會在轉瞬間就是一場誤會？

劉梓潔說故事的手法依舊非常有創意，她在「時間序」上的安排與錯置，增加了閱讀上的可看性與推理性，每一個場景的過場，都非常專業且完美，甚至因為她的趴數太高，讀者的大腦可能要想一下，才能跟上她的凌空飛越。

比方說，她會透過一個清脆的聲音轉折，就穿越了時空，帶你走入另一個主角生活故事，這是她的巧思，也是身為編劇的專業。這本小說如果直接拿去拍電影也沒問題，真是太強、太厲害了，寫作之神現身，信眾快點來參拜。（怎還在看這篇序啊，可以去結帳了，我斬雞頭跟你發誓，很好看啦！）

我常覺得可以迷上一個作家，是非常棒的事情，在無聊又日復一日的人生路中，作家用她的優秀的作品，替生活增添色彩，每次你一看到她有新作品，內心的小猴子立刻排成一排開始敲鑼打鼓，覺得精采好看的來了，深感喜悅一如蒞臨一場嘉年華。

希望劉梓潔可以一直寫作，站在前方，讓我可以追隨。她的書是我的樂捐箱，每次投幣買書，都是喜孜孜與樂陶陶。我不知道你是否早就是她的書迷，如果是，那你很幸運早早開了智慧，如果你是第一次看到她的作品，那我要警告你，從此你跟她的關係不可能只有一夜情，因為看過的都說好，用過的都說讚，你將一試成主顧，金字招牌「劉梓潔」。

序章

在袁若雅與鄧立昆相識戀愛穩定交往同居到結婚再到離婚的十二年之中，應該有過無數無數次這樣的早晨。多到他們都覺得稀鬆平常，不必特別記得或珍惜。

醒來，也睡飽了，但不急著起來，不趕著出門進入繁瑣日程，兩人就繼續躺在床上抱抱親親摸摸，用娃娃音互相撒嬌交換夢境，是纏綿，但也沒真的幹起來，與性有關，也無關。窗簾外是晴爽明亮或灰鬱昏暗或不明就裡的大雨，無關。兩人穿著長袖長褲睡衣或背心內褲或赤裸，無關。說了什麼有營養或沒營養也無所謂。反正他們此時此刻認定的世界只有這張床。一般人或許將這樣的早晨稱為「幸福」。

那時他們還經常用另一個字。永遠。

「我愛妳。」

「你會愛我多久？」

「永遠。」

像是這類的話。

承認吧，只要談過戀愛你一定也說過。頂多，走不下去時，就在前面加個屁字。

我愛你，永遠，這類屁話。並且分不清楚，最後讓人感到悲傷、殘忍或後悔的，究竟是愛還是屁。

袁若雅和鄧立昆從報章雜誌藝人八卦或遠親近戚周遭朋友的案例中，多多少少先為自己和對方打了預防針。無常。沒有什麼是永遠。豁達。放手。你愛上別人一定要跟我說我會成全。

所以對話有時會變成這樣。

「我愛妳。」

「你會愛我多久？」

「永遠。」

「放屁！」

只是說完放屁兩人又是一陣大笑不已抱抱親親摸摸，就像其中一人真的在被窩中放了一個響屁帶來的那種幼稚嬉笑打鬧。

但以下的對話，只發生過一次。

他們沉浸在上述軟綿綿的無邊無際的幸福中時，袁若雅問：「有沒有可能，就算我們這樣了，最後還是得一個人孤獨地死去？」

「笨蛋，每個人死的時候都是一個人啊，自己只能死自己的份。」鄧立昆回答。

他們說這些話的時候，仍是抱著笑著，以致於沒有感覺到絲毫的悲傷或殘忍。

這不是一個愛情故事。

我想說的是，無論是物質與精神，所有堅固的東西最終都會煙消雲散。所以我想丟出這些問題：愛情比較堅固，還是房子比較堅固？瞬息之間牆倒樓毀的外在環境比較可怕，還是飄蕩浮動的人心欲望，更讓人不安？

最早最早，我一開口對人說這個故事時，會這麼說。

但是，嗶嗶嗶，不要說想法，說概念，說理想。請說故事。

好。

這是一個好看的、而且是每個人都可能經歷的愛情故事。《外面的世界》，雖然是一個被說過許多次的，關於不忠、戀愛與婚姻的故事，卻因發生在三個城市、多段時間的記憶、一次瘟疫籠罩、一次政治暴動，形成多度關聯，或者，切割成完全不相連。

爲新婚夫妻打造一個夢想中的家，是許許多多室內設計師的提案方向。住在兩人共同的空間裡，如果這空間溫馨又有個性，就要給人一種長相廝守的幻覺。然而，婚姻，以及這個家，到底裡頭是軟綿綿、無邊無際的幸福，或是，一堵一堵沉重又厚實的牆呢？

阿昆與雅雅，一對人人稱羨的室內設計師夫婦，強項爲改造老屋，保留傳統形制，賦予新生命。兩個人，一隻貓，住在台北密密麻麻公寓裡的頂樓加蓋玻璃屋，這幅場面登上許多室內設計雜誌。可是，看著照片上這對穿著極簡而時髦的新銳設計師couple的神情，你會發現，雅雅很從容靜定，阿昆，則蠢蠢欲動。

是的，阿昆不喜職場生態，覺得自己是藝術家，業主金主都是充滿銅臭味的大便，他寧可每天去幫哥兒們換浴室洗手台，也不願去鞠躬哈腰找案子。雅雅卻柔軟又堅韌，事業扶搖直上，時勢所趨，當所有搞建築的人都到對岸發展時，雅雅也被公司派到上海，任中國區設計總監。

距離拉開了，在台北的阿昆如重返單身，天天泡吧把妹，不過每晚十一點半要回家，對著web cam抱小貓給在上海的雅雅看，阿昆有時一手抱貓一手還需摀著帶回家的美眉的嘴巴，他們的婚姻就在這種恐怖平衡中維持三年。

雅雅每三個月有七天返台假，東窗事發幾次，阿昆便承諾，他不再劈腿了。

這天，雅雅要回來，阿昆先與哥們米魯在酒吧廝混，等著接機。雅雅的飛機遲不起飛，阿昆只好一杯接一杯，邂逅了泰國僑生辣妹小菲，米魯喝茫了，去撇尿時一屁股坐在阿昆蹺在桌上的腿上，阿昆的膝蓋竟應聲斷裂，小菲、米魯與阿昆坐上救護車。

這時，上海浦東機場傳來關閉廣播，因爲傳染病，所有飛機停開，要所有旅客撤回。雅雅拖著行李箱，在猶如末世的暗夜等出租車。這時，來了一個帥哥小高，因出租車遲不來，他們共乘，小高恭敬有禮又穩健，幾乎是阿昆的反面。

當小菲與阿昆在病床上纏綿時，雅雅終於聯絡上阿昆，阿昆卻支吾其詞，兩人的溝通越來越困難。

傳染病擴散到台灣，阿昆的醫院封院，他與小菲好像賺到免費開房間，更樂了。

小菲雖永遠穿著幾乎比內褲還短的短裙短褲，假睫毛、煙燻妝，流行豹紋就穿豹紋，蕾絲當道就穿蕾絲，但在這些裝扮底下，她其實比誰都透徹靈動。一雙明澈大眼，像在昭告，我對愛情，既死心塌地，又不屑一顧。

雅雅的公司宣布停工，阿昆的電話也打不通了，她百無聊賴，又遇見小高，整座城市枯槁無愛，他們只能互相取暖……

嗶嗶嗶。時間到。

不需要講整個大綱，請用一句話講這個故事。

好。

一對夫妻，因爲一場瘟疫而分離，因爲一場暴動而重逢。

「中了！光是拿這句話就可以拍了！」經驗、才智與能耐都屬華語電影圈第一把交椅的製片大哥說。

多麼強而有力的肯定，對吧。

因此，有很長一段時間，我拿著這一句話，到處提案、報告、開會，然後授權，讓別人拿著去提案、報告、開會、籌資、選角、勘景……

但是，許多年過去，從劇本變成電影這件事並沒有成眞。

爲什麼？

因爲外面的世界深不可測。

「整座城市枯槁無愛，他們只能互相取暖。」

又有一位導演好友告訴我，光是讀到這句話，他就想拍、就知道怎麼拍了。但是基於上述同樣的理由，他也沒拍成。

在這許多年之中，導演好友和我一見面就要聊一下雅雅跟阿昆，關心一下他們應該怎麼發展，彼此更新一下進度，好像他們是我們身邊一對愛情長跑的朋友，而婚姻瀕臨決裂。

不過，就像在別人的婚姻旁邊話燒的人一樣，我和導演對於他們應該如何處理，也有不同的意見。

導演覺得他們最後的相遇有點「註死」。或者優雅一點說，命中註定。

能夠相愛不都因爲是註死嗎？我說。

不行。無論如何，要讓他們一方或雙方，用盡最大的努力，最後才能重逢。

但難道沒有可能，不會在一起，費盡努力，愛情都會從指尖溜走？

不行，妳這樣太悲觀了。

好吧，我說，那，難道沒有可能，會在一起，不用做什麼就可以在一起。

這樣夠樂觀了吧。

第一章

1

阿昆與雅雅的家，就是會登上室內設計雜誌與網站的那種家。密密麻麻巷弄裡的老公寓，樓梯積滿灰塵，角落時有死蟑螂，爬到五樓頂樓加蓋，氣喘吁吁，眼前卻是一座如溫室般的獨立住宅。

整間房子沒有隔間，一進門一張大工作桌，一邊是開放式廚房，一邊是臥房，一眼望盡主人與眾不同的品味。只是，在沒有雜誌來採訪時，便同時毫無保留地展示了主人的邋遢，生活瑣碎的痕跡幾乎溢出來。

他們的黃虎斑白腹貓咪正撥弄著貓砂，砂子散在白樺木色的地板上。

工作桌上滿滿的雜物，文件帳單與沒洗的杯盤，唯一露出的，是超大的電腦螢幕。

螢幕上阿昆的3D建築設計立體圖，正在運算，那座奇形怪狀的物體，據說是阿昆心目中的夢幻城堡。

螢幕後面，是一張大床，床上跟床邊散落著剛脫下的衣物。雅雅的大行李箱就在床腳。

行李箱後傳來聲音，阿昆在床邊地板上，只穿著內褲，身體向後彎，弓成一個弧狀，頭向後仰，做著瑜伽的駱駝式，動作僵硬而艱難。

分不出他們在健身還是在做愛，直到阿昆痛苦地發出聲音：天啊，一定要這樣嗎？

「不要講話！會岔到氣！」

雅雅站在阿昆頭後，只穿內衣內褲，兩個人毫無交歡的浪漫激情，比較像有劇情的A片裡的教練和學員。

「我彎不下去了啦！」

「你手扶著腰，快點，再來，再來！再試一下！深呼吸喔，吸氣，吐氣，再慢慢向後！來！這個動作對胸口鬱悶很好哦！」雅雅跪在阿昆正前方，雙手扶著阿昆的下背，兩人下體緊貼，卻無火花。

阿昆動作崩解，整個人往前趴，大聲笑出來。

「不行啦！我會笑場！」阿昆躺在地板上不起身，硬拉著雅雅壓在自己身上。「妳知道笑場的後果就是硬不起來。妳久久回來一次，我們就不能好好地、正常地做一次嗎？」

「就是我久久回來一次，才每次都要有新花招啊！」

阿昆摟著雅雅想耍賴，親吻雅雅。雅雅順著吻，親往阿昆脖子，胸膛，一路往下。阿昆正準備享受，雅雅突然雙手抓住阿昆的腳踝，阿昆整個倒頭栽，雅雅往上一提。

「這叫肩立！」

「吼！別搞了啦！」

「這個動作對全身的血液循環很好，特別是大量腦力工作的人。」

貓咪在一旁看著，一副事不關己的模樣，做了一個貓式伸懶腰之後，回頭繼續吃自己的貓食。

兩人終於結束一番翻雲覆雨。

阿昆頭髮未乾，腰間圍著浴巾，窩在電視機前的地上，旁邊是一大落盜版光碟，幾袋黃飛紅麻辣花生，雅雅每三個月一次給阿昆的伴手禮。

阿昆粗魯地拆開一張一張ＤＶＤ，四周包裝紙袋、塑膠袋凌亂。

同時可聽到浴室的淋浴聲，是雅雅在洗澡。

電視螢幕上出現「無碟」。阿昆嘴裡輕啐一聲幹，又放入一張。電視螢幕再度出現「無碟」。阿昆退出光碟，繼續試。

雅雅圍著浴巾、頭頂包著毛巾，拎著洗衣籃，走出來。

「挑片啊？換一片唄！」

雅雅看了一眼，順便把阿昆散放在房子的衣物，一件件拿起來聞一下，皺眉，丟進籃子裡，貓咪在雅雅的腳邊磨蹭著。

「想起我是誰囉？」雅雅抓起貓咪，鼻子頂鼻子。

雅雅動作家居而自然，彷彿她回來就是為了幫阿昆洗衣服。走到洗衣機旁，正要分類衣服，找著洗衣袋。

「家裡的洗衣袋咧？」才剛說完話，雅雅就看見衣服底下放著新買的洗衣袋，全新未拆。

上次雅雅回來的那七天，完全找不到洗衣袋，離台前，用PChome買了，寄來三個月，阿昆未使用。雅雅只慶幸他還記得拆箱，並把箱子回收。

雅雅提著洗衣籃，調皮地吐舌頭往裡走。打開洗衣機，才發現裡面已經有一疊交纏著的衣服。

「寶貝，這是洗過還沒洗過啊？」

「我忘了，妳就再洗一遍吧。」阿昆已經成功播放一部黑白老片，頭也不抬。

「纏成這樣是洗過了吧。」

「哦，那如果乾了就好了，不用再洗。」

「你豬耶。」

「我也想當豬，豬就不用穿衣服洗衣服。」

雅雅把那堆已經變成拔河繩的衣服一件件拆開，阿昆的牛仔褲纏著毛巾，她甩甩，甩出一條小褲褲。揉一揉比隱形短襪還小件的，豹紋薄紗女內褲。

「這件也是你的嗎？」

聽見雅雅下沉的語氣，阿昆大難臨頭地抬頭。

只見雅雅站在阿昆後面數公尺的地方，兩手的食指勾著那條飛出來的內褲，表情極冷。

內褲在雅雅面前，形成一個蕾絲框框，雅雅頭頂還包著白毛巾，胸部以下包著白浴巾，面無表情的居家素顏，就在那框框內。這個框框輕薄而淫猥，卻像道厚實沉重的城牆，框出兩人親密關係之中，潛藏的巨大的隱忍與危機。

旁邊的電腦螢幕裡，正在運算的建築設計3D立體圖運算完成，發出登一聲，開始三百六十度旋轉展示，阿昆的夢幻城堡，看上去倒像是廣島核爆圓頂館。螢幕上跳出視窗，詢問是否儲存？

阿昆像是要逃離眼前的暴風雨似地，把眼神都放在電腦螢幕上，走往電腦要去完成運算。雅雅擋在螢幕前，一言不發地按了空白鍵。

只聽見阿昆的大叫聲，畫面上完成的建築3D圖開始崩毀，像是倒帶般地從立體圖回復成簡單的點線面，再回到一片黑暗。

事實上，這樣的事件對阿昆來說，嚴重程度不及核爆。應該比較像打開洗衣機發現衣服沒晾，那樣的出槌，頂多重洗一次。

他們每三個月相處七天，阿昆這七天會乖到不像話，標準的愛妻楷模。但現在，他只剩下六天半的時間，在這六天半裡他會加倍裝乖，像片衛生棉般地溫柔呵護，公主抱到下跪道歉，沖咖啡到寫卡片，清貓砂到做影片，雅雅吃這套嗎？吃。

但讓雅雅感覺最有存在感的，是兩人不斷自拍嘴對嘴照打卡上傳，對雅雅來說，這是宣示主權，讓那些內褲的主人們明瞭自己只能活在見不到光的幻象裡，要囂張留下多少痕跡都一樣。

對阿昆來說，他要靠這六天半換得其餘八十三天的好日子，當然划算，對雅雅來說，也是某種調節與平衡，我老公好愛我，然後我要回去賺我們倆的生活費了。

然而，這次，不知怎地，阿昆在第七天的傍晚，與雅雅在出境入口擁吻，說出那句說過不知道多少次的：「我只愛妳一個人我保證不會再亂搞了」，送走雅雅之後，他自然而然地，不想玩了。

三個月沒約一砲，自己都感覺自己是不是哪裡壞掉。

但很快地，三個月又過了。雅雅又要回來了。

2

「兩分鐘到市區，三分鐘搭上機場捷運，坐享帝王般的尊貴，連結世界的第一選擇，為了愛你的家人，為了更好的明天，你還在等什麼，河景大戶最後兩席，家河天下……」阿昆車上播著廣播電台房地產誇張的廣告，通常他會對此幹醮兩聲，罵罵奸商或土豪，但此時，他只專心開車。

對渴求陽光如渴求性愛的阿昆而言，下雨，就是帶賽，就是不順。

車外是滂沱大雨，雨刷奮力來回刷動，眼前仍是一片花白。阿昆車後座雜亂放滿裝潢材料、裝潢施工藍圖，但從混亂程度看來，已很久沒開工，像個倉庫。

模糊可見綠色路牌，「往機場」，阿昆打了方向燈。

手機響起，他在口袋裡慌忙掏一陣後接起，是雅雅打來的。

「喂？啊？延遲？怎麼現在才說，我都快到機場了！怎麼可能？我手機都開著啊！好，好，算了算了，那要等到幾點？就睡機場等妳啊！好啦，回來再說！」

延遲，第二個不順。阿昆才按掉，手機又響，看手機螢幕顯示「浴室瓷磚」，阿昆按掉，又響。再按，再響。他單手抓方向盤，一接起就大罵。

「喂！我不是說這幾天我老婆要回來妳別打……」

對方還沒出聲就掛掉電話了，手機傳出嘟嘟聲。彷彿這位瓷磚小姐打來就是為了掛他電話，而她顯然知道這會讓阿昆暴跳。

「幹妳娘，我又沒強暴妳……」阿昆沒好氣把手機往副手座一丟，突然一長聲如大船啟航的喇叭聲，緊接著是刺耳的煞車聲，前面的大貨車緊急煞車，阿昆趕緊踩煞車，車子在距離大貨車最後幾公分煞住了。

阿昆全身冷汗，喘口大氣，一抬頭，前方的貨櫃車掉下一個一公尺立方的木盒，正對阿昆的擋風玻璃砸下。

阿昆來不及反應，本能地大叫，他以為盒子就要壓上他，但沒有，盒子撞擊之後掉落到路面。

擋風玻璃碎裂成一片片小碎片，大雨從最大的那個洞刮進來。

這是第幾個不順已無法計算。

清脆刺耳的玻璃碎裂聲。

上海浦東機場，一片玻璃碎片掉落在雅雅的鞋尖，戴著口罩的雅雅站在等候check in的大隊人馬中，她彎腰，撿起玻璃碎片，百無聊賴地在手裡把玩。

背後嘈雜，原來是一名等得不耐煩的旅客，把酒瓶敲碎以示抗議。旅客被保安帶走，嘴裡仍在大聲嚷嚷。

「老子一大早就來這邊排隊，還不給check in，你們全部都有病是不是?!」

眾人圍觀，有的跟著起鬨，有的幫忙解圍，更多的是撇開頭發呆，祈禱隊伍可以前進。

終於輪到雅雅，雅雅拿出護照和機票。

櫃台看了一眼，「對不起，因為現在香港機場關閉，所以經港轉機的班機，我們還不能開放check in。」

「可是我買的是直飛，是你們改成經香港轉機的。」

「直飛的班機因為不可抗力的因素臨時取消了，非常抱歉。」

不可抗力。

多麼好用且不可抗力的四個字。雅雅飛來飛去習慣了，一點也不驚訝，因為天候不佳，因為塔台作業疏忽，因為升降流量管制。有次已在桃園半空中，因為無法降落，莫名其妙被載到高雄，阿昆二話不說，從桃園開車一路南下直到高雄，兩人在南台灣玩了三天。阿昆就是這點好，隨遇而安。

雅雅一邊往外走，一邊將護照收回包裡，手心突傳來一陣刺痛，是剛剛的玻璃碎片割手了。攤開手，手掌心裡一道傷痕，正滲出薄薄的血。

阿昆此時全身濕透，狼狽不堪，坐在拖吊車前座上。

拖吊車後拉著他的車，擋風玻璃破了個大洞，幾乎全毀。阿昆不時往後看，一臉衰樣。

阿昆拿出手機，撥出。

「喂，我跟妳說，我車子壞在路上，妳看幾點起飛，打電話給我。我看妳到台灣之後搭計程車回來好了，好不好？妳別問嘛，我會處理，現在在拖吊車上了，人沒事啦，好，回來再說！」

還好雅雅要回來了。阿昆不免這樣想，至少她一定會幫我付修車的錢。

雅雅坐在機場大廳，拿下手機，一臉愁容。雅雅把拉下在頸間的口罩重新戴好，望向飛機時刻表。時刻表的狀態欄，一班一班打上「延遲起飛」。

機場裡，呆坐的、走來走去、拉著行李箱的旅客，一個個都戴著口罩，只露出眼睛。雅雅一雙大眼露在外面，眼神露出一絲茫然，但她隨即掩飾掉，從名牌公事包裡抽出一疊室內設計稿，拿出鉛筆，在上面塗塗畫畫，單純而專注。

3

傳染病悄悄蔓延中，但對於沒有立即危險的人而言，就是出入公共場合要戴口罩和量體溫，這樣的差別而已。舞照跳，酒照喝，戀愛？當然照談。

酒吧門口的服務生，正為每個客人量體溫，店裡歌舞昇平。

阿昆從廁所走出來，已經換上乾爽衣物，但花襯衫簡直快綳開。他手上拿著剛換下的濕答答的衣褲，走往吧台，跟酒保要了一個塑膠袋，像裝一把鹹菜般裝進去。

米魯在卡座位置上跟阿昆揮手。

阿昆入座，襯衫的鈕釦與鈕釦之間透出白色肚皮，阿昆縮了肚子，又彈回。

「你有這麼瘦嗎？這件衣服你穿得下？」阿昆狐疑看著肚子比他大兩倍的米魯。

「這是你的衣服。」

阿昆一臉困惑。

「之前你留在我家的，不知道跟哪個馬子。」

「那應該是大二吧。」

「少來，把所有的昨天都當作小時候喔！」

阿昆拉著衣服縮著肚子，手機從胸前口袋掉出來，阿昆撿起來，放在桌上，還確認了一下訊號通暢。

「這麼乖？」

「老婆大人隨時會坐上飛機，不能漏接電話。」

「真好，三個月只要乖七天。」

「你運氣真好，雅雅今天回來，我馬上就可以還你剛剛的拖吊車和計程車錢。」

「不用了，雅雅上次放了一萬塊在我這，連今天酒錢一起算還有剩。」

阿昆聳聳肩，倒不覺得沒面子。

米魯為阿昆倒滿一大杯啤酒。

阿昆伸手去拿啤酒，襯衫終於不敵肥肚撐繃，中間的鈕釦掉落，肚腩得到解脫，阿昆低頭去找鈕釦時，頭撞到桌子，啤酒整杯澆在身上。

「靠，今天真衰！一出門就下大雨，然後雅雅飛機停飛，要坐哪班還不知道！然後就是那個天上掉下來的箱子！好不容易弄乾，現在又一身濕。」

「人生就像床單，乾了又濕，濕了又乾，你還沒習慣嗎？」

阿昆白了米魯一眼，放棄，乾脆把襯衫鈕釦全開了，露出稀疏胸毛與肚毛。「欸，發騷跟發燒一樣，會被抓去隔離哦。」

阿昆不理會，重新把自己的啤酒斟滿。

「喔，對了，我姊說你上次去幫她換的那個什麼設計師洗臉盆啊，還一直在漏水……」

「喂，我是室內設計師，不是抓漏師傅好不好？你會叫貝多芬去幫你彈婚禮進行曲嗎？」

「別這樣嘛，那是我姊，給她一點售後服務，自己人嘛！」

「哼哈，你卡咪秀都拿得下去了，還自己人！好啦，我再找時間過去啦。」

兩人點菸，喝啤酒。

阿昆看著吐出的煙圈，不說話。經過的辣妹總會不經意地看往阿昆敞開的胸前，米魯注意到了，他看看阿昆，阿昆難得沒放電，呈現癡呆狀。

「喂！幹嘛放空？在想什麼？」

「我在想，我沒有這麼不順過，今天這麼多事兜在一起，應該是一個sign。」

「sign你媽啦！我看你是賀爾蒙失調！今天這裡把一個回家玩玩就好啦！」米魯說著，看起周圍的辣妹。

阿昆白了米魯一眼。

「你有沒有人性啊！雅雅也是你好朋友不是嗎？」

「你才有沒有人性，雅雅是你老婆耶！」

「所以我答應雅雅，不再亂搞了。」

「你答應過一千次了吧！」

「這次是真的，我現在連想都不想。」

「你沒去檢查攝護腺嗎？我幫你檢查看看。」米魯說著，伸手去摸阿昆的下體，阿昆撥開。

「幼稚欸你！」

「闢多久了？」

「三個月整。」

「從雅雅上次回來到現在？給你拍拍手，你是在參加比賽嗎？那以前那些怎麼辦？」

「還是可以當好兄弟啊。」

「好兄弟就是初二和十六各拜一次。」

「你嚴肅一點好不好。我就想是不是我禁欲三個月，然後上天突然送我一個玻璃破掉，這之中是不是有種神秘的連結？」

「下次你叫上天順便幫你送衣服，省得我還要跑回家一趟！」

阿昆不理會米魯，繼續自己的哲學推理。

「然後呢，雅雅的飛機突然停飛了，現在要搭幾點的還不曉得……」

「所以，意思是，上天要放你一天假，早早辦完去機場還來得及。」

「辦什麼鬼啦……」

阿昆的手機突然傳來簡訊的嘟嘟聲。

阿昆拿起來看完，遞給米魯。

米魯邊看邊唸出來，「寶貝，香港機場關閉，班機取消，我先回家等消息。喔耶！恭喜你放假啦！小弟弟出獄啦！」米魯說完拿起叉子敲酒瓶，恨不得昭告全店。

4

機場廣播聲：「各位旅客，因香港機場傳出多起病例，現在機場已關閉，所有往香港的班機取消，請旅客返回，我們的人員將協助疏散，造成不便，敬請見諒。」

機場大廳哀鴻遍野，地勤人員協調著不滿的旅客，四周陷入吵鬧與慌亂。

雅雅只是老老實實地拖著行李箱，往外走。

機場外大排長龍，旅客爭先恐後上計程車。另一頭，往輕軌車站的過道也已擁擠不堪。

雅雅走進人群排隊，她身後站著一個高大帥氣的男生，提著一只公事包，輕便俐落。

前前後後的人們不管相識不相識，在此亂世，嘰哩呱啦攀聊起來，抱怨機場處置不當，危言聳聽上海市區已有多少病例。唯獨雅雅和那男的沉默如兩根柱子，如聾子，如外國人。

天色暗了，輪到雅雅時，等了很久，都沒有車子再進來。兩人亦沒有交談。

地勤過來詢問雅雅：「妳到哪？」

「復興西路、烏魯木齊中路口。」

「你呢？一起的嗎？」地勤問那男的。

兩人搖搖頭。

「那你到哪？」

「復興西路、烏魯木齊中路口。」男人回答。

雅雅終於正眼看了一下他。是那種，正常女生會想看第二眼、又不好意思看第二眼的，讓人舒服的沉穩與帥氣。

「你們不認識？那這是前世的緣分吧？叫一台車一道吧，節省資源！」

雅雅不語，雖戴著口罩，但從彎了的眼睛看出是笑，男人回以微笑。

計程車來了。

男人對雅雅說：「妳先上車吧！我等下一台。」

雅雅沒說什麼，把行李放進後車廂，自己開門上了車。也許緣分就是這樣而已。一個微笑。

雅雅關上車門，報了地點後，計程車司機搖下窗，問那男人：「帥哥到哪？」

「一樣……」

「早說嘛，那一道兒吧！下輛車包準你又要等個兩小時！」

司機像個月老，接起了他們的緣分。

男人看向車裡的雅雅，雅雅點點頭，主動挪動了身體。

男人放好行李，客氣有禮地坐進車裡。

車子在壅堵的車流中，緩緩開上高架路。

「你結婚了嗎？」雅雅想，要是有機會開口，她第一句要問這個。

如果那男的說結了，她會說我也是，然後兩人順著婚姻小孩家庭的話題繼續聊下去，下車就一切結束。

但是沒有，很不巧地，一片靜寂。那位客串的月老也瞬間下戲了，忙著嗚喇叭。

雅雅也回到她原本的角色，一個拿著手機猛叩對岸丈夫的妻子。她打了一次再一次，阿昆都沒接。

5

阿昆和米魯桌上已堆滿啤酒瓶，人與酒瓶皆東倒西歪，手機也滑到沙發縫裡。米魯半醉，跟著酒吧音樂哼著難聽不成調的歌。

「欸，你以前不是吉他社的嗎？怎麼現在都不唱歌了？」米魯問阿昆。

「你大學聯考後，還有背過迪克遜片語嗎？」

「厲害！把到夢中情人，吉他就可以功成身退了。」米魯手機響，他看了來電顯示，起身，往門口誇張揮著手。

「小菲！小菲！我們在這裡！」

「誰呀？」阿昆坐起。

小菲在門口量體溫，開心地往米魯揮手，掛掉電話。阿昆快速地從腳到頭掃描了一次小菲。皮膚黝黑、身材勻稱，穿著超短裙，但比起那些海灘比基尼辣妹，小菲又多了點聰明靈動的氣質。

「你安排的？」阿昆問米魯。

「對啊，喜歡今天就帶回家。」

小菲活力四射，小跑步過來，胸前湧動，阿昆、米魯完全酒醒了。

「來來來，介紹一下，昆哥，建築界無人不曉的設計師，這樣講可以吧！」

「對啊，到處欠錢欠到大家都認識。」

「哎唷初次見面，幹嘛這麼誠實！這是來自曼谷的泰國正妹小菲，世貿一到三館人氣最旺的車展一姐！」

「什麼姐！我很老嗎？」小菲勾著米魯的手臂撒嬌，阿昆漾起一絲羨慕。

小菲突然跳到桌上，秀出一雙長腿，裝出車展show girl的架式。

「癡漢攝影界第一把椅子，我們米魯哥！唷呼！來賓請掌聲鼓勵！」

整間酒吧被小菲吵得沸騰，別桌的酒客也熱情歡呼。

阿昆看得目瞪口呆，低聲跟米魯竊語。

「媽呀，她是不是嗑了藥。」

「人家是專業好不好，你少裝大叔了！」

米魯轉向小菲，「來！賞酒賞酒！」

小菲從桌上跳下來，把啤酒一飲而盡，兩個大叔都看呆了。

「這樣喝酒很悶啊，看看我帶來玩具，新的喔！」小菲的中文有種異國腔。

趁小菲低頭翻包包，阿昆又問米魯。

「她中文怎麼講得這麼怪？」

「就跟你說她是泰國人了。」

「那她中文怎麼講這麼好？」

「僑生，你沒聽過嗎？」

「我來台灣四年了。」小菲故意字正腔圓地回答，一邊從包包裡拿出兩顆饅頭般大的遊戲骰子。

「這我上禮拜去澳門買的，我來教大家怎麼玩，這一顆，叫做Verb，來，小朋友，跟我唸一遍！」

「Verb！」米魯大聲說，阿昆也開始對當幼稚園小朋友來勁了。

「骰子有幾面呢?!」小菲歪頭甜笑。

「六~面~」阿昆和米魯歪頭回答。

「哇！So smart，每一面都有一個Verb，所以全部有多少Verb？」

「Sex！不，是Six～」靠，米魯搶拍，一分。

「哇！太聰明了！」小菲翻動著每一面，「上面有看、坐、吸、摸、打、舔，六個Verb。看清楚了嗎？」

「清楚！」

小菲已然開啟了另一道時空，是幼稚園老師帶小朋友也好，是車展辣妹蠱惑癡漢大叔也好，阿昆不知不覺在心裡對自己說，我願意把自己交出去，丟進這幻術裡。三小時，或一晚。

「我們接下來，有另一顆骰子，這顆骰子是Noun。來請昆哥告訴我們有什麼Noun？」

阿昆醒過來，拿著骰子，像個鄉巴佬。

「昆哥，請為我大聲地唸出來！」

「肚肚、腿腿、手手、咪咪、屁屁、頭頭！」阿昆激昂說著，趁著聲量，把自己丟出去了。

小菲、米魯歡呼。

「現在我們開始玩，先黑白分組。」小菲說明遊戲規則。

三個大人把手掌在胸前拍著。

「黑白黑白我勝利！」三人把手攤開。米魯跟阿昆都是正面，小菲是反面。

「哇！你們兩個先玩，猜拳，贏的丟骰子，骰子出現的 Verb and Noun，輸的就要讓贏的胡務一下唷！」小菲手舞足蹈地說著。

米魯和阿昆猜拳。阿昆贏了，擲骰子。

兩顆骰子分別出現：「摸」、「咪咪」。

三人大笑，都玩嗨了。

「這樣贏的吃虧好不好?!」阿昆叫嚷。

「來吧來吧，你很久沒摸我了！」

阿昆在米魯胸前狠摸一把，露出噁心的表情，「哎呀，我滿手都是油了啦！」

「膠原蛋白啦，什麼油！」米魯練肖話。

三人繼續鬼叫、大笑，小菲在胸前拍掌，趕著玩下一輪。

「黑白黑白我勝利！」換成小菲和阿昆是正面。

「幹，你賺爆了你！」

小菲與阿昆猜拳，小菲贏了，鬼靈精怪地擠眉弄眼，擲骰子。

「吸」、「頭頭」。

三人一陣鬼叫。

「哇！吸哪個頭啊？」米魯羨慕大叫。

「當然額頭啊，大叔，才開始耶，想什麼！」小菲說。

米魯笑得花枝亂顫，等著看好戲，阿昆擦擦自己的額頭。

只見小菲大方地站起來，走到阿昆面前，站到他半隱半現的胸腹前，小菲彎身，兩人視線交錯，阿昆忘了自己有沒吞一下口水，才閉上眼睛。

小菲的嘴唇放上阿昆的額頭，留下深深的一啄。

一切彷彿靜止。

6

車裡，雅雅與陌生男子繼續尷尬沉默，甚至閉眼假寐。

連接上通往市區的高架，路上幾乎沒車，計程車飛快奔馳。雅雅電話響了，欣喜接起，一看電話顯示不是阿昆，有點失望。

雅雅接起，車裡總算有點人聲。

「喂，是，副總。好的，我瞭解了，我現在回公司拿圖。好，可以的，這幾天我在家弄。」

雅雅莫可奈何，抱歉地往駕駛座說：「師傅，麻煩你繞一下，到徐家匯停一下，我下去拿個東西。」

雅雅轉向男子，「不好意思，要麻煩你等一下，等下車錢全部我來付。」

男子依然沒說話。

阿昆、小菲、米魯都喝茫了，三人或倚或臥。小菲有點故意，也有點順勢地，把頭靠在阿昆肩膀上。米魯更是大大方方地平躺，把頭架在小菲光潔的大腿上。

米魯搖搖晃晃站起來，要去小便。阿昆兩隻腳跨在桌上，看米魯要出去，阿昆準備把腳放下。米魯眼神迷茫胡亂揮著手，示意要阿昆別動，又比了比自己，然後伸出大拇指，作勢要跳過阿昆的腳。

「你別鬧了！」阿昆說著要把腳放下，在這一放一跳之間，米魯兩隻肥腿重重踩在阿昆一邊膝蓋上，阿昆痛得坐到地上，發出哀號。

三個人酒全醒了。

阿昆痛到臉都皺了，喊著：「斷了……斷了……」

米魯還沒回過神，小菲往吧台處大喊：「叫救護車！」

小菲真的像個幼稚園老師般，快速打理好每個人的隨身物品，手機錢包塞回個人口袋，自己揹起大包。

阿昆與米魯、小菲混著酒精、瞌睡，坐上了救護車。阿昆作勢要起身，動了腳，發出慘叫，從口袋裡掏出手機，交給昏睡的米魯。

「米魯，幫我打給雅雅。」

米魯神智不清，搖搖晃晃拿著手機，「幾號？」

「你按已撥電話第一個就是。」

米魯的手機響了，米魯接起來。

「喂！」米魯卻從阿昆手機裡聽到自己的聲音。

「靠么啦，裝肖為……」

「那就是第二個，你看一下再撥嘛！」阿昆越來越清醒，也就越來越受不了米魯。

醉醺醺的米魯看著手機，忽然乾嘔了幾聲，吐在手機上。米魯惱羞成怒，藉故發酒瘋。「司機你會不會開車啊，都快暈車了……下車、下車！我們換台車坐。」

救護車司機也失去耐性了，把車停在路邊，讓米魯下車。

救護車繼續前進，阿昆看了看泡在一堆嘔吐物裡的手機，嘆口氣丟進自己那一袋濕衣服裡。

小菲拿出自己的手機，「你要打給誰？我幫你打。」

「我老婆。」

小菲明顯地臉一沉，隨即掩飾。「電話幾號？」

「么三八么……」

「什麼么？」

「1381……應該是……771……7982……妳先試試看。」

阿昆背大陸手機十一個碼背得殘缺不全。小菲撥出。

雅雅的包包裡發出手機響，但雅雅已經不在車上了。計程車停在大樓對面，男子很紳士地裝作沒聽到。司機打開了車上小電視，電視裡播著刺耳的婦女私密處清潔劑廣告。

雅雅抱著建築設計圖從大樓出來，正要過馬路回車上。

雅雅看深夜沒車，不等亮綠燈，跑了過去，一輛自行車突然從人行道衝過來，雅雅被撞倒。男子從車窗看到，趕緊跑下車。

雅雅的膝蓋破皮了，向騎腳踏車的人道歉，那人掉頭走了。

男子攙扶著雅雅站起來，「先看一下，要不要到醫院去？」

「沒事，我可以自己走。我只想趕快回家。」

小高幫雅雅拿了圖。

「謝謝。」雅雅強忍著痛，鎮定堅強，很怕麻煩人。

「痛不痛？」男子溫柔地問。

「沒事。」雅雅答。

原本陌生的兩人，緣分從共乘一車，到了一起過馬路。

上車後，男子一邊幫她看傷口，一邊說著：「過馬路不要急，我會等妳啊。」

雅雅的武裝有點瓦解了，抿嘴唇，忍著什麼。

7

阿昆在手術房裡開刀，小菲在外等候，帶著阿昆那些混亂的家當。

小菲從裝著濕衣服的塑膠袋裡取出手機，用面紙包裹好，走向女廁，嘔吐物黏著衛生紙，又黏著手機。她強忍住噁心，拆開細心地用衛生紙擦拭按鍵，在洗手台上清洗，在烘手機下烘乾。

忍不住好奇心，小菲還是開了機，按到訊息功能鍵，手機微弱地發出嗶一聲，畫面全黑，之後怎麼按都沒反應。小菲嘟嘴的表情就映在擦洗得亮亮的手機螢幕上。

突然，她自己的手機響了，從來電顯示知道，是阿昆的老婆。

雅雅的聲音：「請問剛剛有人打這個電話嗎？」

「對不起，我打錯了。」小菲說謊，其實也沒說謊。

雅雅按掉手機，疲累至極。計程車剛好停下，男子欲拿錢包，雅雅動作比他還快。

「說好全部車錢我來付的。」

男子很紳士地接受了。

兩人下車，雅雅走到車後，要自己把行李從後車廂拿出來。

「這項服務已包含在您剛剛付的車款裡了，讓我來吧。」男子幽默說道。

雅雅也淑女地接受了。

男子幫雅雅把行李箱拖到門口，一邊叮嚀：「回去傷口要消毒，明天最好還是去打個消炎針……」

「到這邊就可以了。」進到小區門口，雅雅停下。

「小區中庭有點黑，陪妳走一段吧。」

「真的不用了，我……習慣了。」

「好，那妳多休息。我就住前面的老房子樓上。保重。」

男子客氣有禮地轉身告辭。

雅雅回頭看了一眼黑暗中的法租界老房子。

雅雅已梳洗畢，換上睡衣，戴上膠框眼鏡，拿碘酒自己擦拭膝蓋傷口。她神情疲憊，眼睛已快睜不開，但她繼續拿起手機撥給阿昆，手機進入語音信箱。

雅雅站到窗口，看著樓下的巷子，耳邊竟浮現男子說的不經意卻很揪心的話：「我會等妳啊」、「陪妳走一段吧」。

雅雅打開電腦上網，在離線訊息對話框上打字給阿昆：「我剛剛跌了一跤，好痛哦。」她平常不這麼愛撒嬌，好像有個機關給開啟了，又接著打上一行字「趕快來給我秀秀」。

突然一陣刺痛，原來是手上握著的水杯上滑下了水珠，她想起在機場時手心被玻璃割了一小道傷口。莫非一切是從那時開始翻轉的？

電腦與手機仍沒回應，突然湧上來的寂寞，讓雅雅眼眶不自覺地濕了。

微弱的光線中，一切昏昧不明。

阿昆與小菲都睡著，小菲睡在病床旁的折疊床上。阿昆醒過來，手往床下探，動作聲吵醒小菲。

睡眼惺忪的小菲坐起來，從床底拿了尿壺，幫阿昆接。

兩人之間沒有言語，一切是那麼地自然，自然到兩人都忍不住地笑了起來，這一笑，讓兩人似乎都更認識彼此好幾年好幾年，兩人之間竟然可以除了尿聲沒有別的話語聲響。小菲把尿壺拿到廁所馬桶倒掉，沖水，躺回折疊床。動作自然，似不需思考。

阿昆把手垂下，抓到小菲的手，兩人在黑暗中相視而笑。

「我喜歡妳笑起來的樣子。」如果這算告白，小菲接受了。

順著阿昆的手一拉，小菲靈活地滑進阿昆的被窩裡，兩人像磁鐵般吸在一起，阿昆看著小菲靈動的大眼。

「先說好喔，我沒辦法負責……」

小菲不等阿昆說話，嘴巴湊上，吻了起來。

阿昆隱約知道這次碰到狠角色了，但他已無法再思考，閉上眼，先享受再說。隔簾內，兩人置身全白的床單裡，世界只有彼此。

8

哥們與閨蜜應該對人生有正向提升的作用。阿昆有米魯，在打屁消遣中覺得日子還有那麼一點可活之處，而雅雅的是桑妮。人如其名，Sunny，如陽光般大開大闔，笑聲朗朗，雅雅需要那種你不管什麼情況見到她就會很開心的人，桑妮就是。她們原本是按摩師與客人的關係，從按摩結束的喝茶聊天，漸漸變成朋友，若有交易，桑妮也是隨便算，雅雅可不會隨便給，按照行情來，妳要多送我臉部拉提或子宮溫暖術，就算友情。

桑妮廣涉身心靈，從可與按摩混搭的精油頌缽那些，到正向思考，每日一句正能量話語那些。雅雅原本沒什麼興趣，桑妮率直不繞彎的一句話，卻常能擊中她。例如：桑妮曾要她做一個練習，在對阿昆傳達想法乃至命令的同時，在句尾加上四個字。

你覺得呢？

雅雅希望當小女人，阿昆卻讓她無法選擇地變成了某大姐。桑妮告訴她，只要多了這四個字，兩人關係就可以開始慢慢改變。

「不要什麼都自己作決定，妳會覺得孤單。」桑妮一說，雅雅紅了眼眶。

這是在三年多前，雅雅還沒被派任到上海，和阿昆兩人朝夕相處一屋簷下時，雅雅的練習。

「過年我爸我媽你爸你媽各包六千，就這樣吧。」雅雅過去的模式。現在她把「就這樣吧」四字改成「你覺得呢」。

「妳覺得好就好。」阿昆回答。

「中午吃披薩？你覺得呢？」

「妳覺得好就好。」

「欸我想要在你上面，你覺得呢？」

「好啊，妳覺得好就好。」

對阿昆而言，好像沒差。與雅雅之間所有事情不作決定，似乎也貫徹了他對外面那些女人不主動不拒絕不負責。

但好強如雅雅，偶爾，非常偶爾，真的無計可施時，才會求助於桑妮。例如這次，雅雅歷經一整晚自己因為傳染病回不了台灣而阿昆手機又沒有回應，最後一招，便是要桑妮去按門鈴。

「喔，拜託！有人颱風假會待在家裡的嗎?!妳沒回台灣，他一定當作放假跑出去玩啦！」桑妮已經走到巷口，比對著地址。雅雅家她來過幾次，每次都找不到。

「他就算出去玩，也會乖乖接電話的。」雅雅在越洋電話中堅持。

桑妮走到門口，一邊講著電話一邊不斷壓著電鈴。

「沒人在家啊！」牡羊座按起電鈴又長又用力，但沒回應。

「再多按幾次看看，他睡著會很難叫。」雅雅在那頭指導。

同時間，其實那座頂樓玻璃屋裡是有個人的，初次來訪的小菲。沒有主人在家，她依阿昆指示，拿著門口花盆裡的鑰匙開門進來了。她倒好貓飼料，清好貓砂，環顧他們凌亂的家。

冰箱門上有男女主人的結婚照，像是在海邊，阿昆一件棉麻白襯衫一樣敞著前胸，雅雅則是素樸的白色小洋裝，若非頭上的白紗，看不出是結婚照，雅雅手上捧著巴掌大的小貓，阿昆則拿一個像巧克力又像打火機般的小長方體。

小菲巡視般地打開冰箱，空空如也。小菲又到浴室，打開女主人的首飾盒。突然門鈴大作，空襲警報般響個不停。

她像作賊一樣趕緊扣上門離去。

桑妮不放棄地按著電鈴，這時小菲開了門出來，如都市裡大部分的鄰居，並不四目相接。

「等一下，有人開門了，我可以進去了！」

桑妮進門，一邊爬樓梯，一邊講電話，「大小姐，我不是抓姦的好不好，那如果我開門看到什麼呢？」

「不用，妳什麼都不用說，只要跟我說他是死是活就好。」雅雅在上海攤著設計圖，坐在電腦前，卻無心工作。

桑妮好不容易爬到頂樓，卻在花盆裡探不到鑰匙，她幾乎把整盆土都翻了。她據實以報。

「好吧，那應該是他把鑰匙帶出去了。」雅雅無可奈何。

「往好處想，不要擔心，OK？他就是個愛玩的小孩，颱風假，出去唱歌或是泛舟了。」

9

小菲急忙逃離，手上握著阿昆家的鑰匙，走到她不熟悉的新北市的大馬路口等紅燈，看見對角有家「鑰匙刻印」。她遲疑了一下，還是走了進去。

鑰匙店櫃台裡，燙著捲捲歐巴桑頭的老闆娘正在講電話，完全沒理會小菲。老闆娘對著電話火爆發飆，絲毫不在意有客人走進來，用詞赤裸。不愧是，高手在民間。

「什麼我老公主動！妳腳不打開他進得去嗎？有小孩，妳不要以為生小孩就多厲害，騙人沒生過！我跟妳講，不然身分證翻出來比啊，只要我那個……欸……叫什麼欄？」

老闆娘連珠砲的聲調突然遲疑下來，看向小菲似討救兵。

小菲望著老闆娘發呆，剛好看到老闆娘的身分證在桌上，手指向桌上。

「嘿呀，配偶欄！我老公名字如果還在我配偶欄裡，我就不會放妳煞！妳再找妳阿兄來砸我的店也一樣！我生意照做啦！不願跟妳講了，我有人客！」

老闆娘用力掛上電話，抬頭看小菲，聲音還微微顫抖。

「打鑰匙還是刻印章？」

小菲把阿昆家鑰匙遞給老闆娘。

小菲看著老闆娘身分證上的配偶欄，張義發。這像是會出軌搞大小三肚子的名字嗎？

鑰匙機發出尖銳的聲響，像在替代老闆娘沒發出來的尖叫。

尖叫般的開水燒開的鳴笛。雅雅匆匆跑到小套房的流理台前，關火，把水倒進沖泡包五穀飲裡。

電腦傳來skype線上通話的鈴聲。雅雅趕緊再坐回桌前，按了接通之後，卻悶不吭聲。

「喂，聽得到嗎？我跟妳說……喂，有沒有聽到？」

「嗯。」

「聽到就答有啊，幹嘛不說話。」

看著畫面上的視訊，阿昆像是在醫院。

「幹嘛手機都不開，你在哪?!」

「我現在在台南，米魯他阿舅的診所說要重新裝潢，叫我來看，我手機忘了帶，可能放在家裡沒電了……」

「為什麼家裡外面的鑰匙不見了？」

阿昆愣了一下，露出作賊心虛的表情。

「啊？我怎麼知道？……不對，妳怎麼知道？」

「我都找不到你，以為你死掉了，我就找桑妮去家裡看啊！」雅雅口氣不好。

「妳幹嘛找糾察隊？我看妳不如直接找消防隊！」

「我是擔心你欸！而且如果你可以讓人放心，我何必隨時拉一條繩子纏在你那邊！」

「對啦，妳最好拉條繩子把我懶叫綁起來算了！」

休息室裡周圍坐輪椅的、拄柺杖的病人與家屬像看戲一樣，假裝還在看電視或翻雜誌，其實都豎起耳朵在偷聽或眉來眼去。

但這就是阿昆，毫不在意周圍人的眼光。

螢幕那頭，雅雅低頭，悶不吭聲，似思考，似忍耐，阿昆熟悉不過的一號表情。

雅雅像是有了答案知道怎麼做，深吸一口氣，抬頭，切斷連線了。

阿昆再打，但雅雅不接了。

阿昆把電腦還給旁邊一個手肘拖著固定支架，臉上一片擦傷，看起來像飆車雷殘的無辜小男生，默默推輪椅出去。

10

阿昆自己轉著輪椅回到房間，看到米魯大剌剌躺在他病床上。

看見阿昆進來，米魯抓起手上的兩根長頭髮，故意裝出曖昧的表情調侃阿昆。

「嘖嘖嘖，兄弟，您真行。我沒讓你白斷腿了喔。」

阿昆懶得與他抬槓，從輪椅站起來，一跛一跛躺回床上，把米魯擠下床。米魯坐到旁邊的折疊床。

「啊人咧？」

阿昆拿遙控器打開電視。

「我請她回去幫我餵貓。」

「哇靠，睡一夜就可以當自家人了！你屌！」

電視傳出新聞快報。

「來自現場最新消息，市立醫院傳出交叉感染，即將封院，我們請現場記者馬上為我們連線。」

「哇靠，不就是這邊嗎？」米魯彈起。

鏡頭拍著外面的記者會，院長和高層倉促又草率地站在門口接受採訪。

醫院也傳出廣播：「本院即將於一小時內封院，所有人員將不准進出，請探病的親友盡早離開。」

病房外傳來嘈雜聲，陷入兵荒馬亂，有如在逃難，米魯倉皇收拾東西，還進廁所撒了泡尿。

「欸，兄弟，我來看過你了！我們各自保重！」

「看來老天爺要我一個人在這邊自生自滅了。」

「不要這樣，你想想人生要多難得才可以跟一堆護士關在一起？」

米魯說著，匆匆衝出病房。

阿昆繼續看著電視，突然電視畫面吸引了他的視線。大批媒體與撤逃群眾之中，小菲正艱難地穿越人群，跟其他人反方向地走進醫院。

封院記者會進行著，院長、官員被記者包圍，如臨大敵。

記者問著：「請問目前實際死亡案例有多少?!」、「為什麼會這麼倉促突然封院?!其他沒有感染的病人怎麼辦?!」

院長只能含糊應對。

「我們已做了全盤評估，封院實在是不得不的決定……」

阿昆從這些大頭的身後，看到小菲慢慢地擠到前面，欲走進醫院。

警衛高喊：「只出不進！只出不進！請不要推擠！」

人群蜂擁而出時，小菲卻要進到裡面。

警衛和小菲交談了幾句，阿昆從嘴型看不出講了什麼，但總之，小菲進來了，阿昆不自覺拉拉衣服撥撥頭髮。

小菲繼續穿過如逃難現場的醫院樓梯、長廊，服務台被等候辦理出院的民眾包圍。

小菲出現在阿昆病房門口，阿昆看著她，沒有說話，兩個人之間好像多了些什麼。

小菲靜靜地走進去，抓著阿昆的手。阿昆有些莫名感動，摸摸小菲的頭。

「我剛剛在電視上看到妳了，媽～小菲上電視了。」

小菲只笑。

「剛剛警衛跟妳說了什麼？」阿昆問，語氣溫柔。

「他說進去就不可以出來了。」小菲清晰回答。

「那妳怎麼說？」

「我說我的配偶在裡面，我要跟他在一起。」

11

上海超市裡，物資被搜刮得只剩零星貨品。雅雅推著推車，心不在焉，走過一排又一排貨櫃，推車裡卻只有兩包泡麵。

雅雅走到寵物區，蹲下來，拿著逗貓棒揮著晃著。

雅雅背後傳來聲音。

「妳養貓啊？」

雅雅轉頭，因為驚嚇跌坐在地。是昨天那男的。

「喔……對啊，但是牠在台灣。」

「妳腳好一點了嗎？」

「沒事了。謝謝。」

男人伸手，將雅雅拉起，雅雅點頭致謝後欲推車走。

男人看了一下雅雅的推車，雅雅也看了一下他的。

男人的推車裡擺了各種生鮮蔬菜。

「你怎麼那麼厲害，搶得到這些？」雅雅失笑。

「我身體裡是個家庭主婦哦！」男人回答：「妳應該吃一點營養的東西，我晚上要做飯，妳要不要一起來吃？」

雅雅想了一下，呆呆地點頭。

雅雅與男人走在法租界的樹影裡，傍晚的陽光穿過樹葉灑落下來。

「聽說因為傳染病，學校和機關都休假了。」男人說。

「本來這幾天是我的返台假，但反正回不去了。」雅雅說，「啊，還沒自我介紹，我叫袁若雅，做建築設計，是台灣公司外派來的。」

「現在上海到處都在蓋房子，你們來得正是時候。」

「是啊……那，那你呢？」

「我姓高，叫我小高就可以了。一樓是我的古董店，我住二樓。」

小高停下，雅雅發現他們就站在離她住的小區一百公尺處的一家古董店前。

「我每天就是公司和家兩地跑，很少在外走動，都不知道自己家附近有這麼一家店，真不好意思。」

「如果不是機場關閉，我們還不知道什麼時候能碰面呢？」小高說著，開了門，直接帶雅雅上二樓。

與其說是家，不如說像工作室或招待所，整理得一塵不染，乾淨整潔。迎光的那面牆打掉，變成整片落地窗，就像許多特色咖啡店一樣，在老房子裡加入許多新設計，處處可見主人品味。

雅雅環顧著這盈滿陽光的金色的屋子。

雅雅摸摸桌子，又彎腰摸摸地板材質，突然意識到小高拿著水杯站在自己身後，覺得自己有點尷尬。

「不好意思，我有點職業病。」

「沒關係。妳慢慢看，該拆該修的，就順手幫我個忙，我先去廚房。」

小高幫雅雅送上一杯水，杯子也是精心挑選過的。

「需要幫忙嗎？」

「不用不用，妳是客人。」

「那不好意思，我可以借用一下洗手間嗎？」雅雅簡直像初次約會的少女。

「從我遇見妳到現在，妳已經說了三十次不好意思了。這個門進去之後右轉，燈在門後。」

小高說完放了音樂，好紳士啊。根本跟日本公廁裡的音姬一樣貼心。

雅雅走進門，原來是臥房。

床上疊著洗好的衣服，一件一件猶如放在百貨公司專櫃般地整齊，穿過大床與衣櫃，才是洗手間。

雅雅對著鏡子壓壓自己的黑眼圈，梳理頭髮，做了幾個深呼吸，坐在乾淨得發亮的馬桶上小便。

雅雅才坐上去，就傳來手機震動的聲響。看過去，手機放在置物架上閃著燈，正面朝下。

匆匆小解完，站起來，手機仍在響。

雅雅猶豫了一下，伸手過去。

第二章

1

震動中的手機，被握在女人手裡，手機來電顯示「老婆」。

一隻手指按下接通鍵，作勢要接起來，旁邊撲過來一個人，搶走手機。是阿昆，他倉皇接起電話，故作鎮定。

這是台北。三年前。雅雅到上海工作半年左右。

「喂，我剛到家啊，我在開電腦了。」阿昆含混過去。

「好啦，你快一點嘛……」雅雅撒嬌又包容。

阿昆掛掉手機，走到電腦前開機。一邊安撫剛剛拿起手機的女人：「妳別鬧哦，我等下再好好報答妳！」

女人過來趴在阿昆大腿上。「那不然等下你跟你老婆視訊，我躲在下面幫你？」

「妳別鬧啦。」阿昆繼續手邊動作。

「哎唷玩玩看嘛很刺激耶……」女生使勁把頭埋進阿昆緊閉的兩腿之間。

「噓！」阿昆急促無情，如要電影院很吵的鄰座觀眾閉嘴。

電腦已連線成功，聊天軟體自動登入，跑出好幾個離線訊息視窗，每個都來自不同人，都是曖昧的唇印與愛心，阿昆迅速熟練地一一關掉。唯獨留下雅雅的視窗，按視訊。

阿昆抱起貓咪正對網路攝影機，自己躲在貓後。

「馬麻對不起，讓妳久等了！」阿昆裝出娃娃音，真的很會。

螢幕中雅雅笑得幸福。

貓咪佔據整個視訊視窗，還用鼻子去頂攝影機孔。

雅雅也裝可愛逗玩牠。

「咪咪，你有想馬迷嗎？把拔今天有沒有給你吃香香？」

「有呀有呀，馬迷我好想妳哦，妳趕快回來給我秀秀啊！」

「我明天就回去了！你和把拔要乖乖哦！」

夫妻倆娃娃音疊字對話，樂不可支。

被晾在一旁的女人不甘示弱，脫得只剩內衣褲，過來坐在阿昆旁邊，阿昆倒滿機警，在她進入攝影機鏡頭範圍之前就一把推開她。

這一推，阿昆重心不穩，貓也從他手上脫逃了。

「啊，牠不玩了。」

「好啦，你今天吃什麼？」雅雅進入夫妻日常對話。

「隨便吃啊。」

「那你之前那個流理台的案子後來解決了沒？」

阿昆看往女人，女人像是被點到名似地，開心地比著「耶」。

「那業主就是騷包嘛，很少開伙，還三機都要林內的。我只好換給她啦。」

電腦螢幕畫面裡的阿昆抱怨，雅雅傾聽，似是輕鬆話家常。螢幕畫面外，則是阿昆看向女生，女生朝著阿昆吐舌頭。

「怎麼了，你在看什麼？」雅雅問。

「沒事。我窗戶沒關，怕咪咪跑出去。」

「好啦，畢竟對方是客戶，你態度要委婉一點，以客為尊……」

「是的，老婆。ㄟ，我想去大便。」

「吼，好啦，咪咪呢？再抱一次給我看。」

阿昆轉頭找貓，女人正緊緊抱著貓，露出「不給你，怎樣」的囂張表情。

「牠也去大便了啦，哎唷我快大出來了啦，明天回來再說！」

雅雅故意逗阿昆，「再讓我看一下你嘛！」

「那我也要去貓砂盆大了哦！」阿昆摀著肚子作勢移動。

雅雅笑開，要他別鬧，兩人琴瑟和鳴地切斷連線。

只穿內衣褲的女人放掉貓，從包包裡拿出香菸和打火機，準備點上。阿昆急忙衝過去，把她往陽台方向推，邊走邊無心碎唸。

「欸欸欸，拜託一下，抽菸請到陽台，我老婆明天就回來，她最討厭房子有菸味……」

女人被惹火了，甩開阿昆，不吭聲地穿衣服收東西。阿昆欲安撫，卻也說不出好聽話。

「欸，妳幹嘛這樣……」

女生沒停下動作，也不回應，抓起包包走到門口。阿昆跟到門口，臉也沉下來了。他與「流理台小姐」就要不歡而散。

「要幫妳叫車嗎？」

女人用力關門，隔著鐵門縫隙，揚著眉毛帶著冷笑，語氣尖酸。

「小心你已經有根煙燻老二，別嗆到你老婆了。」說罷高跟鞋叩叩響下樓去。

阿昆關上門，坐回沙發，看著瞬間安靜下來的房子。看似絡繹不絕的劈腿生活，此時變得孤獨落魄。貓咪跳上沙發來，好死不死往阿昆的褲襠間嗅聞。阿昆想，馬的難道真的有菸味，拉開褲子，使勁低頭，東嗅西嗅，行狀滑稽。

2

與第三十一頁一樣，阿昆一個人開著車在往機場的高速公路上，後座一樣凌亂，只是外面變成了風和日麗的大晴天。

阿昆穿著乾淨整齊，像要去約會，還抹上了髮雕。車上放著西洋情歌，阿昆跟著哼唱，一副幸福人夫模樣。

綠色告示牌寫著：機場。

接機大廳，雅雅拉著行李箱走出來，看見阿昆，兩人互相給對方一個大微笑。阿昆迎上前去，兩人擁抱親吻。阿昆幫雅雅拉行李，另一隻手抓著雅雅的手，十指交握。

幸福的身影穿過熙攘的機場，往停車場走去。

回到家，阿昆和雅雅斜倚在沙發上，雅雅輕鬆把腳跨在茶几上，阿昆頭枕在雅雅大腿上，貓咪窩在雅雅身側。桌上有啤酒和零食，凌亂卻家常。阿昆看喜劇DVD，開心大笑。雅雅一邊吃著洋芋片，也一邊把洋芋片往阿昆嘴裡餵。

雅雅手上拿著旅遊資料，興致勃勃看著，是泰國蘇美島的療癒假期。

「你看！桑妮說主辦單位把我們升等到海景房耶！」他們即將啟程，定期為情感加溫的海島之旅。雅雅喜歡的那些，做SPA看落日吃海鮮購物，外加一點心靈成長體驗，以及阿昆喜歡的，換個地方恩愛睡覺。

「桑妮說這次還有面海靜心，就是跟著海浪一起呼吸，很棒吧！」

「很棒啊。」阿昆敷衍。

「你這次每堂課都不可以蹺課哦！」

「妳明明知道我是過動兒，要我靜坐超過兩分鐘就是一種折磨。」

雅雅放下手冊，捧著阿昆的臉轉向自己，撒嬌地吻了阿昆一下。

「人家想要你跟我一起嘛。」

「我是怕我打呼吵到別人。」

「上次你自己選了譚崔，結果第二天就落跑，丟我一個人去上課。」

「我怎麼知道譚崔是一直呼吸。」

「那是修煉！」

「有沒有那種一顆藥吃下去就好的。」

「修煉沒有捷徑好嗎？」

「所以我還是當個凡人就好。」

「你不想變成更好的人嗎？為了我，或為了你自己。」雅雅開始心靈雞湯句型。

「有妳，我就是世界上最好的人了。」阿昆知道雅雅不開心，看著雅雅，故意嗅著空氣中的怪味道，湊進雅雅的頭聞一聞。

「寶貝，我不在妳身邊，妳就不洗頭了喔！」

阿昆站起身，新娘抱把雅雅抱起，走往浴室，雅雅又是抗拒又是開心，鬼叫笑鬧。阿昆把雅雅丟進浴缸，自己也跨進去，雙腳把雅雅夾住，左手也環抱住她，右手擠了洗髮精，往雅雅頭上一抹，開了水，拿起蓮蓬頭就往雅雅的頭髮上沖。

「哈哈，這招叫頭已經洗一半！這樣看妳洗不洗?!」

雅雅從掙扎到屈服，享受地躺在阿昆懷裡，雅雅的頭髮與阿昆的胸前被泡沫融為一體。比性更親密的，頭洗一半。

室內電話響了。

「不要接。」阿昆在雅雅耳邊吹氣。

「可能是我媽耶。」

雅雅濕答答地起身，滿頭泡沫，走到客廳接起電話，側著頭，小心接起，夾在肩頸間。

「喂，是，我是，妳好。哦，是，請問是哪家雜誌？幸福家居……哦，有，好，明天下午四點，好的，我們會在家。好好，謝謝。拜拜。」

「誰啊？」

「雜誌採訪，什麼幸福家居，說你已經答應了。」

「有嗎？」

對於阿昆的失憶，雅雅完全不在意。

「喔，反正是訪問妳，我在旁邊耍帥就好。過來，沖水。」

3

雅雅與阿昆穿著剪裁有個性又低調的黑色襯衫與牛仔褲夫妻裝，在明淨敞亮的房子裡接受採訪。

攝影師在旁邊按著快門，東拍西拍。雅雅帶著世故的笑臉侃侃而談。

一切看來專業到位。記者濃妝豔抹，笑容顯得匠氣，有點眼熟？沒錯，她就是那位製造出煙燻老二的流理台小姐，顯然有備而來，別有居心。

阿昆一臉黯淡，雅雅只當他社交恐懼。

「鄧先生袁小姐，新的建案很多，請問你們當初為什麼要買下老公寓的頂樓？而且還把頂樓出租給別人，自己住在頂樓加蓋呢？」流小姐專業發問。

「老的房子本身有時間的痕跡，這是設計不來的。如果再加上一些創意，就會變出不同的東西。我們喜歡上這房子就是因為可能性很大，所以我們幾乎沒有什麼爭執，就決定把隔間統統拆掉，甚至浴室跟廁所也只是做個半開放的牆擋起來。」

「呵呵呵，那客人來不會很害羞嗎？」煙燻女尖銳乾笑。

「好像不會耶，應該沒有人知道有人在上廁所還故意走過去偷看吧。」

「呵呵，好有趣喔。這樣的設計是不是也是代表著你們夫妻之間的關係是比較開放的呢？」出招了。

「開放？我不知道妳指的是……」

「放心，我們絕對不在這裡搞3P。」阿昆冷冷放出一箭。

雅雅輕輕打了阿昆一下，手就繼續留在他手上。

流小姐注意到了。

「應該這麼說吧，最近一年我到上海去工作，可是我一點都不覺得上海那個套房是個家，我想，家，應該是個心靈上的寄託。可能妳見到一個人，妳就覺得那就是家了。」

阿昆捏捏雅雅的手。

「嗯，我這邊差不多了，攝影大哥你有沒有要再拍什麼？」

攝影師在開放式吧台前比畫著。

「請兩位到這邊來，拍個意境的合照。」

阿昆和雅雅依照指示移動，這點，兩人倒是可以世故稱職。

「有沒有紅酒、紅酒杯，還是咖啡杯，擺一下比較有氣氛這樣。」

攝影師建議。

雅雅正要去廚房，流理台小姐敏捷積極地搶先一步。

「好，我來拿。」

她熟門熟路地打開廚房的置物櫃的門板，一開就對，取下酒杯，又打開冰箱拿出喝了一半的紅酒。

雅雅看了記者一下，有點疑心，但馬上又世故蓋住。

紅酒倒入酒杯。

「好，來，先生看太太，對，太太頭再側一點，兩個人一隻手抓對方，一隻手拿杯子，相視而笑相視而笑，ㄟ，對，很好，漂亮，再一個。太好了，ＯＫ。」

就如拍婚紗，攝影師專業而樣板地引導。阿昆雅雅照著指令露出幸福笑容。

4

鬧鐘聲響，陽光穿過窗簾的縫隙灑在兩人身上。

雅雅把身上阿昆的手臂輕輕挪開，下床，關鬧鐘，睡在兩人中間的貓咪也跟著起床伸懶腰。若不是需要去辦泰國簽證，兩人不會浪費返台假期間，在床上打滾的任何分秒。當然，去辦的，只有雅雅。

雅雅在浴室梳洗，從鏡子看到吧台，以及那兩支殘留酒痕的紅酒杯。她當然明白，那之中可能有什麼，但能不想就不去想。

雅雅更衣，出門。

阿昆仍熟睡。

雅雅來到人滿為患的泰國簽證辦理中心，因為雅雅的護照與她同行，不在台灣，沒跟上團體辦理，只好自己過來送急件。

只要在動，就有希望。只要等得到的，就不是苦。雅雅的哲學，她一邊翻看著建築雜誌，一邊留意阿昆起床打電話過來沒。

終於，號碼燈一閃，來到雅雅。

A櫃台交件，B櫃台繳費，再回到A櫃台領單子。雅雅照著指示做。來到B櫃台時，收費的辦事員抬頭了，是小菲。比三年後還要清純但也俗氣一點的小菲。

當然，這時小菲還沒去當車展秀女郎，還沒認識癡漢米魯，也就還沒認識阿昆。她也不知道自己將在三年後，傳染病籠罩之中，搞上這人的老公。而阿昆更是不知道這兩個女的曾經見過這一面。也許日後她們偶然在路上碰面也認不出彼此，但總之，她們此時四目相接了，雖然只有短短幾秒。

雅雅繳費，再回到A櫃台，辦事員問她名字。

「袁若雅。」

「妳還沒繳費。」

「不可能啊，就在幾秒前，我給這位小姐了！」

A辦事員看向小菲，以泰語詢問。小菲抬頭，看了一下雅雅。深邃的五官與閃動的大眼睛，在無辜之外還有一種理直氣壯，小菲一字一字清楚地說：「我沒收過她的錢。」

雅雅像是心底埋藏很久的地雷被小菲踩到了，顧不住優雅端莊，大聲理論起來。

「怎麼可能？我剛剛明明把錢給妳了?!你們要不要調錄影帶出來看?!剛剛在這裡的其他人也都可以作證！」

雅雅音量有點失控，臉上漲滿委屈。

A辦事員打圓場：「小姐妳不要激動，沒事的。對不起，我們這個妹妹新來的，我們馬上查。」

她示意要小菲騰出位子，暫時到後面去休息。小菲起身，雅雅看著小菲高眺婀娜的背影，渾圓結實的臀部與修長大腿。那是無聲的，青春的囂張與威脅。

A辦事員迅速對帳，再三向雅雅道歉。雅雅表情冷淡，收回單據，臭臉離去。

臉色很差的雅雅，到便利商店買了一張電話卡。她在公用電話機前，深吸了一口氣，撥了號碼。

阿昆仍在沉睡，被手機聲吵醒，躺在床上接起手機。

「喂？」雅雅熟悉的，阿昆眼睛沒張開，還在睡覺的聲音。

雅雅故意不出聲，公用電話扣款的嘟嘟聲跳了兩聲。

「說話啊！」

雅雅仍不出聲，公共電話扣款嘟嘟聲又跳了兩聲。

「不管妳是誰，我很確定我們都是妳情我願，好嗎！現在請讓我睡覺！謝謝！」阿昆說完把手機切斷，丟一旁，繼續蒙頭大睡。

雅雅掛上公用電話，走掉。

電話卡彈出來。雅雅是故意不拿的，彷彿做了不名譽的事，必須湮滅證據。公用電話上貼著廣告貼紙：「抓猴！包感情挽回！」

辦公大樓的頂樓，小菲與剛剛來圓場的A辦事員大姐，終於忙完一波簽證事務，大姐踢掉高跟鞋，倚靠牆邊，拿出菸，也給小菲一根。小菲站到圍牆邊，往下看著小小的車輛與行人。兩人一邊抽菸，一邊以泰文交談。

「小菲，妳來一個禮拜就出三次紕漏，我怕這樣沒辦法再幫妳cover，別人會說話。」

「阿姨，沒關係，我知道這不是我做得了的工作，我自己再去找打工吧。」

「真的不行就回曼谷幫妳媽嘛，她餐廳忙不過來。」

「沒關係，我自己會想辦法。」

5

雅雅拉開窗簾。

躺在床上的阿昆被亮醒，睡眼惺忪，看見雅雅在窗前的模糊剪影。

「回來啦？都辦好了嗎？」

雅雅沒出聲，阿昆覺得有異，趕緊清醒過來下床。

「怎麼了？身體不舒服嗎？要不要我煮咖啡給妳喝？」阿昆的柔情從不需排練。

雅雅冷靜，語氣中帶著冰冷與絕望。

「大學的時候就開始了，對不對？」

阿昆一臉茫然。

「什麼東西？」

雅雅沒理會，背對著阿昆，繼續說。

「其實我都知道，我只是不說。從大學跟你交往開始，我去洗頭，小妹把泡沫弄進我的眼睛，或是我去郵局被插隊，或是像剛剛，我明明付了錢，那個收錢的女的說我沒繳……我都會想，妳們跟我老公搞過是不是？為什麼在這個時候報復我？好吧，我承認我坐穩寶座，比妳們多一個名分，可是妳們為什麼在這個時候報復我？如果我不理妳們，妳們可不可以也讓我好好生活……」

雅雅從刻意武裝的冷淡，慢慢壓不住情緒，聲音越來越哽咽。

阿昆臉上滿是不捨、愧疚、以及秘密被揭穿的難堪等複雜的情緒。

阿昆走近，才看見雅雅已滿臉是淚。阿昆把手輕放在雅雅顫動的肩膀上，確定雅雅沒有甩開，才把兩手都放上，再把手滑到雅雅腰間，環抱住她。

阿昆與雅雅逆光的身影，成了這幸福家居中尷尬的存在。

無辜的貓咪悠然走過空曠地板。

6

單獨跟雅雅在一起的時候，阿昆手機是關機的。不是怕哪個白目鬼打來亂，而是阿昆也的確想享有安靜的、不受打擾的、完完全全被雅雅照顧著的時光。出了國，更是與外界隔絕了。

雅雅與阿昆及一隊學員戴著墨鏡拉著行李，走出蘇美島機場，接機人員為他們戴上花圈，合掌說了撒哇迪卡，兩人的嘴角就始終保持上揚。無論是穿著麻布寬鬆白衣白褲，在面海的飯店陽台上，跟隨治療師引導，做著吸氣吐氣與瑜伽動作，或是在海灘散步靜心，兩人都是同行團員中的模範夫妻。

第三天晚上，兩人在海灘上吃海鮮看落日，賣唱吉他手過來要他們點歌。他沿途已在各桌唱過月亮代表我的心、愛拚才會贏。

「外面的世界！」

阿昆打算如果這泰國人唱不出來，他就要耍帥演出。

不料歌手嫺熟地唱起來：「每當夕陽西沉的時候，我總是在這裡盼望你，天空中雖然飄著雨，我依然等待你的歸期……」*

阿昆忘情地唱著。雅雅看著阿昆，兩人眼中只有彼此。

當年，在大學校園裡，夕陽下，樹蔭裡，阿昆也曾自彈自唱：「在很久很久以前，你擁有我，我擁有你。在很久很久以前，你離開我，去遠空翱翔……」當時雅雅看著阿昆忙亂地按著和絃，滿頭大汗，笨拙而

*〈外面的世界〉，作詞、作曲、原唱為齊秦，後莫文蔚、陳奕迅皆曾翻唱。

努力，那是極少見的阿昆。現在，在蘇美島，雅雅彷彿又看見了當時的阿昆，她跟著唱了起來。

「外面的世界很精采，外面的世界很無奈。當你覺得外面的世界很精采，我會在這裡衷心的祝福你……」

太陽緩緩落下，黑暗的沙灘上，兩人都喝了酒，搖搖晃晃而緊緊相偎。

假期結束的倒數第二天，課程的最後一天。雅雅已穿好白衣白褲，收拾包包，阿昆還賴在床上。雅雅到浴室擰了一條熱毛巾，罩上阿昆的臉。

「快點起來，要遲到了。」

「我今天可不可以請假一天……」阿昆賴床。

「吼，你又來了，不行，已經說好了，這次不准缺課。」雅雅趴到床上，好言勸說，「快點啦，最後一堂課啦，功虧一簣不是很可惜嗎？」

「哎唷，人家昨晚縱欲過度……」阿昆一邊把手探進雅雅的衣服裡，「我們一起蹺課，然後在這裡做到昏天暗地……」

雅雅掙脫，裝生氣。

「快點，數到三！」

阿昆真的生氣了，臭臉慵懶地坐起來。

「那個第一天發的卡片你還留著嗎？今天要寫上最後的心願哦，把你這次的心願與祝福寫上去，知道嗎？」雅雅把衣服丟到床上給阿昆。

「妳是幼稚園老師在教小朋友啊？」

雅雅的情緒有點被阿昆挑起。

「我不想跟你吵架，破壞氣場，從現在起我們倆都不要講話，好好進教室好嗎？」

阿昆一臉不情願，開始穿衣服。

一片黑暗，治療師輕柔的聲音以英文引導著。

「深長的呼吸，吐氣的時候，想像自己被掏得很空很空，像一只透明的玻璃杯。現在，我要送你們一道光，想像這道光慢慢地，像陽光穿透瀑布一般，慢慢地，從你的頭上注下……」

黑暗中，突然傳來椅子被推倒的聲音。雅雅睜開眼睛，瞬間光亮。眾人圍坐成一圈，像是某種支持團體。雅雅身旁，阿昆的椅子倒了空著，阿昆站了起來，部分睜開眼看的人都看向阿昆，阿昆覺得丟臉，氣急敗壞地衝出教室。雅雅對教室裡的眾人露出抱歉的表情，鞠了個躬，跟上阿昆，跑出去。

學員們面面相覷。

治療師把大家帶回來，輕柔地說：「繼續閉上眼睛，被打擾的只是外在，回到你安靜穩固的內在，專注在你內心的那道光……」

阿昆赤腳跑到教室外的大街，快步往前走。教室裡一片淨白柔和，但教室外就是喧嚷大街，炎熱嘈雜，整排都是賣各種觀光紀念品、紀念T恤、花襯衫、沙灘褲、名牌仿冒墨鏡、椰子汁和涼水的攤販。

雅雅在後頭追著。

雅雅有點走不動了，停下大喊。

「鄧立昆！你在做什麼，你停下來！」

阿昆停下，轉身。

「我在做什麼?!那妳知不知道妳在做什麼?!」

雅雅一臉委屈。

「我、我有做錯什麼嗎？我們不就在冥想嗎？」

兩人在觀光客與摩托車熙來攘往的街道上大聲互喊，音量一句比一句大。有些遊客駐足。

「冥想?!很好！那我告訴妳！每次他叫我想一道光還是想我在什麼草原上，我他媽都在想女人！」阿昆毫不修飾的回應讓雅雅愣了一下，阿昆也意識到自己失言，但隨即忍住情緒。

「你為什麼就不能靜下心來！這個本來就要練習，我隨便你要想什麼都可以，可是你不要這種態度，一點基本修養都沒有！人家還在上課，你就這樣跑出來！」

「上課，對！我他媽為什麼要跟妳來上課，因為我劈腿，所以我就應該愧疚，所以我就應該彌補妳，討妳開心，陪妳來上課，然後花那麼多錢來這邊培養我的罪惡感，對不起，對不起，對不起，我對不起妳我該死，可以嗎！」不知道是不是剛剛那道光的力量發威了，阿昆卯足勁恨不得讓一切見光死。

「你真的有罪惡感嗎？你根本就是在不爽我幫你出錢！讓你覺得自

己像吃軟飯的！」雅雅也毫不客氣。

「對！他送我那麼多道光，幹嘛不送我錢和女人算了！」

雅雅氣到說不出話了，她拿起旁邊攤子上的小飾品，往阿昆身上丟，阿昆不甘示弱也拿起旁邊的藝品丟回去。兩人相互亂扔一番，攤販主人出來制止，吱吱嘎嘎的泰文與英文，一片混亂。

兩人被拉到一旁。

雅雅甩開，往教室的方向大步走回去。

阿昆看著雅雅背影，喘著大氣。

雅雅一個人回到教室，課程已經進到下一個階段。

「隨時隨地回來，我們都歡迎，請讓自己處在最舒服的位置。」治療師走近雅雅，把手搭在她肩膀上。

「Let go。」治療師說。放下，讓它走。雅雅知道，她喘著氣，不斷深呼吸。「它」是憤怒，是負面能量，也可能是愛，是阿昆。

眾人依指示把椅子移到角落，空出中間的空地。

「現在，我們要做一個練習，當我敲缽，你們就對身旁的人，喊：I hate you！等到喊夠了，就換下一個，一直到我再度敲缽為止，聽到第二次缽聲，請站在原地，保持靜止不動。」

治療師敲了一聲缽。

來自各國的學員一個比一個賣力，一個比一個更像要殺掉對方，怒目圓瞪，齜牙咧嘴，大聲地、用盡所有力氣地互喊：I hate you！

雅雅馬上被煽動到最高點，渾身發抖，幾乎跳起來，大聲咆哮：I hate you！

治療師的頌缽再度發出清脆的一響。

全員在原地站定，靜默。

雅雅站定，淚水不斷冒出來。

阿昆在街上遊蕩，如行屍走肉，身無分文，腳上走到快起泡，某個好心的攤販，拿了一雙塑膠沙灘拖鞋送阿昆穿。

雅雅在教室與同學及治療師擁抱。

阿昆走到沙灘，周圍遊客甜蜜歡喜拍照，阿昆面無表情。

課程結束，雅雅在卡片上寫字，表情堅毅，把卡片投進箱子裡。大家說要去聚餐，雅雅推辭了，說想回房間打包休息。其實她不是累，不是心情差，純粹是不想讓大夥在餐桌上繼續探問她與阿昆的事。

夜深了，阿昆不知道自己走了多遠，坐上一個泰國小弟的摩托車。

摩托車呼嘯穿過海島夜晚，停在阿昆與雅雅住的高級飯店門口。阿昆掏不到任何東西回贈，只從口袋掏出縐巴巴的空白小卡片，阿昆比手劃腳，從口袋中掏出一個打火機送他。

騎士拿起來端詳，欣然收下，比了一個OK的手勢。

阿昆走進飯店，安靜無人的高級飯店走廊，阿昆用感應磁卡開了門。

被窩中，可見雅雅側睡的人形。

阿昆走到陽台，面對暗黑的海灘，猶如兩人現在的處境。阿昆掏出菸，想抽菸，卻摸不到打火機，阿昆像是想到了什麼。

「幹。」

更早更早以前，恍如隔世。

阿昆與雅雅在墾丁海邊五星級飯店的沙灘舉行婚禮。

「現在請新郎新娘交換戒指！」主持人米魯宣布。

「啊？我們說好不戴戒指，但我們有準備信物。」阿昆搶過麥克風說。

「對對，我忘了，好，那現在請新郎新娘交換信物。」

雅雅接過桑妮端過來的蕾絲托盤，托盤上，一只金光閃閃的打火機。阿昆拿起來，上面刻著一個愛心，裡面兩個英文字母：ＹＫ。雅昆。下方四個數字，大家猜得到的，１３１４。

阿昆打開一禮盒，對著雅雅抱出一隻手掌大的幼貓。幼貓怯怯發出喵聲。

雅雅驚喜，流出高興的淚水，抱著小貓，親吻阿昆。

兩人沐浴在幸福的光芒中。

親友鼓掌歡呼。

那曾是他們以為的，白頭偕老，永浴愛河。

導演：談談雅雅吧？感覺她看似完美平靜，內心倒是很矛盾？

對。她身上有那種明明很想當小女人，卻不得不獨立幹練的張力存在，還有一些，爲了世俗價值，不得不爲之的世故圓滑，或者講直接一點，僞裝。我覺得雅雅乍看是事業心很強的大女人，但她始終認爲，如果可以出現一個強者，她可以像氣球一樣馬上洩氣，縮到很小很小。

有一句她和桑妮的對白後來放不進去，就是她說：「有太多時候了，也許是累了、委屈了、寂寞了，就會很希望一過這個馬路，就出現個什麼人，可以讓我把頭掛在他肩膀上一下。」

如果說阿昆無時無刻在獵取，雅雅就是永遠在等待。就這點而言，阿昆是比雅雅誠實而勇敢的。直到遇見小高，雅雅才感覺，和阿昆在一起的這幾年，她把自己撐得好累。

導演：那麼阿昆呢？他像妳寫過的小說〈搞不定〉裡面的老K嗎？

老K和阿昆都是下半身搞不定，但老K是藉著在一個一個女人身上流浪，想要找到歸屬，想要被搞定。但阿昆不一樣，他早就被雅雅搞定了，早就遇到他認定的歸屬了，講得肉麻一點，此生最愛的人。他們倆也彼此付出時間與青春，可是他就還是想玩，他既想忠於雅雅，又想忠於自己的本性，對他而言，這是不違背的。

比較起來，我覺得雅雅才是眞的搞不定。她還沒遇到能搞定自己的人，所以小高一出現，她就義無反顧地撲上去了。

導演：很粗莽地說，阿昆就是可以把性與愛分開。但是遇到小菲以後呢？他又分不開了？

又是一個愛情雞湯裡的經典：在對的時候遇見對的人。如果他與小菲相遇的那天晚上，不是傳染病時期，雅雅飛機也沒有回不來，米魯也沒有壓斷他的腿，醫院沒有封院，其實他們就不會相遇，或是一起喝酒玩玩便罷。這是爲什麼我前面會說，不用做什麼，就可以在一起。（笑）

導演：雅雅去上海工作，只是爲了自己的功名財富嗎？

現實來講，是。這也是現實的兩岸處境，他們的婚姻誕生在這個經濟條件嚴峻的時代，先天上就有這個問題了，爲了想要賺多一點錢，必須到中國工作。而也恰恰好，雅雅這種柔軟進取的個性，才能勝任，阿昆便變成一個十足的魯蛇了。不過，我還有另一個隱藏的想法是，雅雅當初決定去上海，讓夫妻分隔兩地，其實也是她對婚姻的害怕與疲乏，儘管在台灣，兩人每天見得到面，她知道阿昆還是不斷出軌的。所以，每三個月見面七天，是她某一種延長戰術，她不想失去阿昆，只好先練習失去阿昆。

第三章

1

回到「現在」。

阿昆和雅雅坐在戶政事務所的座位上，兩人面對著一個表情黯淡眼睛腫得如牛眼的，離婚證人。

也許再倒退回幾天前，會比較不那麼唐突。

故事開始的那個夜晚的兩個禮拜後，台北這頭解除封院了。阿昆的斷腿也癒合得差不多，小菲為他把屎把尿、餵水餵藥、沐浴更衣、排隊領餐盒的日子也告一段落。

因為那兩個禮拜裡實在太親密，小菲直接稱阿昆為老公，阿昆則以四字回稱「小菲老婆」。因為他怕混淆。事實上，在醫院裡，阿昆偶爾會趁小菲晚上去洗澡或丟垃圾時，偷偷打電話給那位在上海的真正的老婆，雅雅，但不知該高興還是該擔憂，雅雅總是關機。

無論如何，如果雅雅出了什麼需要阿昆的事，例如跟他一樣地斷腿入院，怎麼樣都會找得到他的，他相信中華民國的警政與醫療系統。而且雅雅是會好好照顧自己的那種人，對，不要亂想。她只是忙著工作，可是她也不主動打電話，是還在生氣嗎？要不要打電話到上海的公司問同事……

每次想到這兒，小菲就差不多捧著臉盆晃著長腿回來房間了。拉開阿昆的病人服前襟，幫他擦澡。嗯，沒事的。就讓我們各自放假吧。

只是，阿昆沒想到，這醫院假期結束，小菲也就自自然然地，跟著他一起回家了。

家裡一切未變，小菲好厲害，可以完全不碰到雅雅的東西，又把自己的東西全部搬進來，包括浴室梳妝台上那些瓶瓶罐罐都是。她連自己的浴帽吹風機室內拖鞋都帶來了，輕巧地與雅雅的擺在一塊，好像姊妹或室友一樣。

這還不只。小菲陪同阿昆出院的第一天，就把這兒整個清理得乾乾淨淨，掃描一遍，確認「原住戶」（不太精確，又有那麼一點道理）並不開伙，兩三下就搞定了全套下廚必需品，包括泰式蝦醬和香茅檸檬葉等香料。

阿昆還有點行動不便，兩人要出門時，是小菲騎著二手破摩托車載他。他們一起上市場，小菲才來一兩天就可以與菜販熟絡交談。在魚攤前更是像大廚般地左挑右選，用手抓了魚進簍子，在旁邊水桶洗手，甩甩。把買好的菜與魚掛在機車前，跨上機車，要阿昆抱好她。

清蒸檸檬魚、蝦醬空心菜、月亮蝦餅、酸辣海鮮湯。泰式料理店的三菜一湯兩人餐就這麼出現在吧台桌上。那隻被當作結婚禮物的幸福貓咪，也此生首次嚐到手剝鮮魚的滋味。

阿昆只是呆呆看著小菲像變魔術一樣，變出一個她理想中的家。儘管她知道，自己隨時可能要收包袱走人。若有那麼一天，阿昆也許會要她：別走遠，七天後再回來。

他覺得自己目前為止對雅雅最混蛋只能做到如此。

上海，同樣地，傳染病解除了。城市恢復生機，雅雅又穿上俐落套裝，來到她的高級辦公大樓，辦公室裡，客戶、設計師、工地工頭，熙來攘往。雅雅一如往常與客戶看攤在大桌上的設計圖，專業耐心講解。

從她個人辦公室的落地大窗，可以一眼望盡那個十字路口。她奔跑過馬路被腳踏車撞倒，而小高扶起她的那個案發地。一切，是從那個路口的中心，開始一點一點慢慢錯開的吧？

雅雅的人生轉彎了。終於。

有台灣同事欣喜若狂說，可以回去了！趕快訂機票！彷彿這兩個禮拜阻隔的是一九四九年到一九八七年。

「我想了很久，我想，既然可以兩個禮拜都不互相聯絡，那大概這段關係已經走完了吧。也許我們可以比較冷靜理性地接受。這次我回去，該辦的，就辦一辦吧。你不用來機場接我，我自己會回去。」

雅雅利用工作空檔，寫了很長的簡訊給阿昆。

阿昆雖然想辯駁，哪有不互相聯絡！我打給妳妳都關機！但只要雅雅一問，你在哪？跟誰在一起？你真的都沒亂來？阿昆就必須謊話連篇。他不想。

他不知道怎麼回覆：妳會回到家裡來然後我們再一起去辦嗎？我們還有要像以前那樣恩愛兩天再去辦嗎？要不要講清楚一點？我自己一個人可以隨隨便便妳愛回來就回來但是妳知不知道現在家裡有另外一個房客我要好好處置啊。

我現在不是一個人了。阿昆此生首次有這種感覺。

悲哀的是這人是認識不到三個禮拜的小菲，不是相識相戀結婚十二年說好白頭偕老的雅雅。

搭機前一夜，雅雅在上海小區門口望著小高跟她走過的那條街道，雅雅望著前方小高的店，黑暗中深不見底。但她仍覺得看到了光明的未來。她想像貓咪趴在那古董店的大木桌上，陽光從天井灑下。

因此，她還是開了電腦，連上了視訊。

「抱咪咪給我看。」螢幕裡的雅雅對阿昆說。

阿昆不知道小菲有練過隱身術還是怎樣，總之不見了，連呼吸腳步都聽不見。比之前那位流理台上道太多。

阿昆坐在房間電腦前，跟雅雅視訊中，兩人一片沉默，咪咪的叫聲讓一切顯得諷刺。

雅雅仍對咪咪娃娃音地說了一串，我好想你有沒有想馬麻啊。馬麻要帶你來上海了哦。

「好了。」雅雅說，「明天見。」

雅雅關掉視訊，只剩阿昆沉重猶豫的臉。馬的妳還是沒說妳會不會先回來啊，搞什麼！這時小菲出現了，對著阿昆露出開心的笑容，阿昆勉強地笑了回應。

「我很厲害吧。」小菲坐上阿昆大腿。

「靠，妳剛剛開了任意門回曼谷去了嗎？」阿昆親親小菲的嘴。

小菲大方回應。

「妳明天下午可以出去一下嗎？」阿昆的唇舌，在小菲的唇舌之間說。

小菲推開阿昆，收起了笑容，低頭像是調整情緒，隨即綻放一個大笑容。

「是的！主人！」

2

阿昆醒來時，小菲已經出門了。整個房子像Photoshop過一樣，小菲的所有家當，就像移除某一層圖層一樣，完全不見了。除了阿昆手機裡的簡訊：「好了再叫我回來。」

雅雅也傳了訊息來，「上飛機了，下午兩點直接在戶政事務所見。」

阿昆和雅雅坐在戶政事務所的座位上，兩人面對著一個表情黯淡眼睛腫得如牛眼的，離婚證人。就阿昆所知，雅雅沒有離過婚，但需要證人這事兒是怎麼知道的？他呆呆地來了，不知道會多出一個陌生人。

但這位證人其實前面已經出場過。第六十九頁，小菲去過的那家鑰匙店老闆娘。她刻印打鑰匙又兼當離婚證人，但在路上你會常常忽略她，她就是那種燙小捲頭冬天會穿紫色羽絨衣的你媽或我媽。

現在她拿著離婚協議書。

「請問有沒有什麼財務或債務的糾紛？」

阿昆、雅雅搖頭。

「有沒有小孩？」

阿昆、雅雅搖頭。

「有沒有共同房子？」

「我只要貓咪，其他都給他。過戶那些細節我會請助理跟他聯繫。」雅雅回答。當初是阿昆他爸拿錢出來買的，老實說他算靠爸族，之後家裡的開銷水電瓦斯那些都是雅雅在付，他又變成了靠妻族，這些雙方父母都知曉。就在某年的年夜飯之後，阿昆他爸要房子改成兩人共同持有，以示我們沒有佔媳婦便宜。

「那麻煩你們兩位的印章。」

阿昆倉皇掏著身上所有的口袋，雅雅原本有一點點感傷的表情，又被阿昆懶散個性惱怒了，無奈撇嘴。

「沒帶。」阿昆說。

「叫什麼名字？」證人問。

阿昆手指比了協議書上的簽名。

證人從包包裡拿出一個木頭章與一把雕刻刀，飛快地手工雕刻起來。高手在民間。

「鄧立昆」三字猶如電腦刻出來的漂亮端正楷體，蓋在離婚協議書上。

「麻煩你們的身分證。」

證人接過身分證填寫資料時，抬頭仔細看了一下雅雅和阿昆，看不出是毫無情緒還是強忍情緒，兩人都面無表情。

證人拿著協議書，誦讀上面的條約。

「離婚手續完成了，從今以後，男婚女嫁各不相干，均不得干擾對方之生活，若有故或無故騷擾對方，將負民事或刑事責任。兩位沒問題的話，請在上面簽名。」

阿昆和雅雅簽名。

手續完成，兩人獲得了全新的身分證，三人走到電梯口。電梯遲不來，尷尬的沉默。

「嗯……你們先走吧，我去小便。」阿昆往樓梯間走。

雅雅這時才注意到，阿昆走路有點跛。

「怎麼了嗎？」她想開口，但關心也沒有意義了。

電梯裡，雅雅看著數字燈。

「妳都有在看新聞嗎？」證人眼睛很腫，看不出有沒在看著雅雅。

雅雅搖搖頭。

「兩個禮拜前有個新聞，因為當老婆的死不離婚，男的帶小三燒炭，那個小三還懷孕六個月……」她聲音顫抖，「我就是那個老婆……三條命耶，他們都當作我承擔得起。我給人家當離婚證人當好幾十年，自己卻不肯離，結果，妳看咧。妳還年輕，看開一點，能離得了，都好。」

雅雅抿緊嘴，深吸一口氣，好像在這密閉空間裡找到一個傾聽者可以聽她告解。

「妳剛剛在看我們的出生年月日對不對？我比他大四歲，我大四，沒交過男朋友，他大一，一進來大學就說要追我……我平常都不跟人說話的，可是和他有說不完的話，就算他怎麼劈腿我都可以原諒他。要不是……」

雅雅說著，眼眶泛紅。

電梯到一樓，兩個女人的交心時刻也隨叮一聲結束。

證人拍拍雅雅的肩膀。

「保重啦。」

雅雅擠出勉強的笑容，點點頭。

3

重返單身後的第一天，雅雅趴在按摩床上，身上蓋著毛巾。桑妮在手上滴上精油按摩油，雙手搓熱，在雅雅背上做著舒緩的來回長推。

「喂，妳是不是還有什麼秘密沒跟我說？」桑妮問。

「什麼？哪有？」雅雅的頭趴在按摩床上的洞上，對著地板，回應桑妮。

「不要裝哦，妳的身體都告訴我了。」

雅雅不語。

「妳的身體告訴我，它最近還滿happy的哦。跟妳之前和阿昆時完全不一樣，有一種放鬆，把自己完全交出去的那種放鬆。」桑妮語氣曖昧，變化著手技，在雅雅肩頸上來回按摩。

「還是不說？」

雅雅無聲。

「沒關係，等我幫妳疏通了，妳自然就講出來了。」

雅雅突然翻身坐起來，一副棄械投降樣。

「好啦，真的什麼都瞞不過妳。」

雅雅用大毛巾包著身體，下床從包包裡拿出一本書，遞給桑妮。

桑妮接過，表情更疑惑了。

「生命中不能承受之輕？幹嘛啊？」

雅雅有點欲言又止。「就是我遇到一個人，然後我跟他借這本書……」

桑妮尖叫。

「我就說嘛！做了沒？做了沒？有沒有照片？」

「什麼啦，我那時還是人妻身分耶。」雅雅嘟嘴。

「妳該不會是為了這個人離婚吧？天啊！」

雅雅急著掩飾。「妳不要亂猜啦，只見過一次面……」

「然後妳就跟他借這本書，下次就可以假裝要還書約見面?!」

雅雅臉紅了。

「我的媽呀，妳真的還是個少女，妳看，我早就跟妳說，不要裝一副不給碰的樣子，男人滿街都是。」

桑妮翻著書，書裡掉出一張書籤，她唸了出來。

「哥抽的不是菸，是寂寞。不要迷戀哥，哥只是個傳說。這什麼東西啊，哇靠，大陸人都搞這套喔！」

雅雅搶過書，趕快收起來。「好了啦，妳不要一直糗我。我只是覺得，如果像妳說的，每個人出現都有它的意義，那這個……嗯，生命中不能承受之輕先生，可能是幫助我，離婚的時候好受一點吧。」

「那是我從結緣善書上看來的妳也信？我要跟妳說，結婚就像是，妳自己一個人走了一段很長的路，前面還很長，妳不想走了，看到前面三公尺就有一個洞，每個人紛紛往裡面跳，妳跳下去才知道，哇，洞裡面還有分各種不同的洞，結果妳分到的是化糞池，那妳要不要出來？」

「妳知道嗎？遇到他，我真的覺得，幸福可以是一個人把手攤開，然後妳把手搭上去，那麼簡單。」

雅雅像個天真小女孩的樣子。

桑妮與雅雅開門走出來，原來肅穆的按摩室外，是亂糟糟的客廳。小孩子跑來跑去，電視裡播著卡通，地上撒滿玩具，桌上攤著外食塑膠袋和珍奶。小孩臉上手上沾著花生粉跟香菜。

大的嚷著：「馬麻，豆豆偷吃妳的豬血糕！」

「我吃下去才知道是豬血糕！」豆豆更大聲。

「好了好了，偷吃就偷吃，叫那麼大聲幹嘛。有沒有叫阿姨好？」

「雅雅阿姨好。」

「好乖。」雅雅摸摸兩個小孩的頭，比摸貓還不自然。

桑妮的老公一副宅男模樣坐在角落的電腦前，周圍有一堆零件器材。

「喂，馬麻，我幫妳把妳要的那個瑜伽音樂下載好了。」

「喔，謝謝你喔。給你吃一口豬血糕。」桑妮餵老公吃了一口。

眼前吵鬧卻溫馨的畫面，顯得雅雅更孤寂。桑妮繼續拿起桌上鹹酥雞吃，遞一根竹籤給雅雅。

雅雅搖頭，往門口走。

「妳要走啦？」

雅雅點點頭。

「那妳再打給我哦，看開一點，不管發生什麼事，不要想太多知道嗎……」

桑妮這時忍不住不去想，自己的閨蜜昨天才離完婚。

雅雅搖搖頭，示意桑妮不要再講下去。

「好啦，我知道，那hug一下。」

兩人擁抱，小孩的鬼叫聲。

「女生愛女生！」

4

車水馬龍的台北街頭，捷運站外的一家商務旅館。

旅館一扇窗裡，雅雅坐在窗前，面對電腦。旅館房間裡，雅雅身旁是兩大個箱子。雅雅開了視訊，阿昆不在線上。

雅雅開了一個資料夾，跑出上千個檔案，每一個都是與阿昆的視訊側錄紀錄。雅雅隨機點了幾個。

視訊檔每個打開，都是：妳在幹嘛？畫圖啊。妳今天吃什麼？亂吃。妳在幹嘛？妳今天吃什麼？阿昆抱著貓叫馬麻。

千篇一律的三年。

畫質很差的阿昆大大的臉與螢幕角雅雅小小的臉。

雅雅點了全選，刪掉所有與阿昆的視訊。

雅雅拿起手機，傳簡訊：「明天早上十一點去帶貓。」

馬上嘟嘟兩聲，阿昆回傳的簡訊，只有一字：「好」。

阿昆坐在世貿展場最邊邊的廁所外地上，把手機放回口袋。米魯坐在他身旁，抱著一大堆攝影器材，周圍滿滿是人。

「兄弟，別說我沒安慰你，你現在是什麼感覺？」米魯問。

「希望你閉嘴的感覺。」

「我離婚的時候你都沒這麼難過！」

「靠，你離婚我難過什麼。」阿昆笑。

米魯成功把阿昆逗笑，表情得意。

展場裡，小菲在最近的一個電玩攤位，穿著宅男女神標準的兩截裝。小菲丟著贈品給觀眾，故意丟一個到阿昆腳邊。

阿昆撿起，抬頭，苦笑。

「明天，要不要跟我去足球場？」

「幹嘛，你要拍上空啦啦隊哦？」

「不是啦，我要陪小孩踢球，明天有個不知道什麼狗屁比賽。你帶小菲一起來嘛，從事一下家庭活動嘛！」

阿昆聽到「家庭」兩字，像是他從未想過的東西，頓了一下，點頭答應。

雅雅拖著行李，提著貓籃，到機場check in。在檢疫處填表格，跟承辦人員點頭說謝謝。看著小貓過輸送帶。雅雅上飛機。拖著行李箱走出機場大門。

高大帥氣的小高來接機，對她揮著手。

但下一秒就消失了，只是雅雅的幻覺。

雅雅一個人，刻意走到上次與小高相遇的地方，上了計程車。

阿昆和米魯兩人像是悠閒的老爸，坐在草地旁躺椅上吹風喝啤酒。

一群小朋友在足球場跑來跑去。小菲熱情招呼著小朋友，幫忙擦汗、遞水，其他家長也不時偷看一下火辣的小菲。

「你老婆……不是，小寶他媽呢？」阿昆問。

「又懷了啊！去產檢啦！」

「喔，那小寶都怎麼叫他新爸爸？」

米魯故意裝三八的英文腔：「爹～地～我是把鼻，人家是爹～地～」

阿昆被逗笑。

「男的女的？」阿昆問。

「當然男的啊！女的怎麼會叫爹地，不是啊，女的怎麼會讓她又懷孕？」

「白癡，我問小孩啦。」

「喔，不知道。」

小寶踢進一球，小菲抓著彩球歡呼！米魯和阿昆敷衍地跟著叫了一下，舉啤酒互碰。

米魯用下巴比了一下小菲方向。

「欸，兄弟，你這次是認真的吧？」

「我自己也還搞不清楚，在我還不知道要怎麼處理時，雅雅就回來說要離了。現在，好像，就自然這樣了。」

「我以前都沒問你，ㄟ，你和雅雅，是不行、不想，還是不要？」

「什麼東西？」

「生小孩啊。」

「我們之前有計畫，等她外派回來就生，結果她三年之後又三年……等一下，你剛剛問我什麼？」

「欸，你和雅雅，是不行、不想，還是不要？」

「不是，上一句。」

「兄弟，你這次是認真的吧？」

「你好像很久以前也問過我這句話。」阿昆彷彿想著很久很久以前的事。

「有嗎？」

阿昆看著小菲充滿活力的模樣，彷彿想著很久很久以後的事。

5

雅雅回到上海，刻意打扮過，拎著一瓶紅酒去找小高，雅雅走近小高的店，卻是一家正在裝修的咖啡館。雅雅前後來回走了幾次，越看越不對，明明是這個地方啊！雅雅越來越心急。

她在轟隆隆聲響中大聲詢問：「請問，這邊本來是一家古董店嗎？」

灰塵木屑沾上了雅雅的紅色小洋裝。

「啥？妳說啥？」工頭也大聲回應。

「我要找原本住這邊的人！」雅雅提高聲量，越來越慌張。

工頭對裁切木頭的木工揮揮手，示意要他暫停一下。

「這兒本來是啥店我不清楚，我們來的時候就清空了。」

「那二樓呢？」

雅雅抬頭，天花板已拆掉，空空如也。

「我們依咖啡館老闆指示，說要整個拆掉，挑高。」

雅雅彷彿找到一線希望。

「老闆？還是同一個人嗎？他叫小高嗎？他現在在哪？還是，他把古董店搬走了？」

「姐，妳一次問我這麼多也沒用，我都無法回答妳。」

雅雅下定了決心，除了三年多前在泰簽辦事處那次以外，她很少在外面對陌生人這麼強勢。

「那不管，你幫我打電話給老闆！」

工頭悶悶地照做，雅雅想著該怎麼開口，電話接通，卻是一個陌生的聲音。說他不知道原本的古董店，房東在網路上招租，他就來租了，跟他對口的是房東。

「那你給我房東電話！」雅雅打算循線追到底。

雅雅拿起自己手機，鍵入號碼，撥出。雅雅站在門口，一屋子工人都等著她，等候何時可繼續工作。

電話那頭是個仲介，說房東本人在國外，委託他們處理，上一任房客是和房東本人解的約……雅雅再問房東聯絡方式，仲介不願給。

「我真的有很重要很重要的事情要找他！」

仲介仍堅持不透露客戶資料。

哀求幾次，雅雅越聽越絕望，疲累至極，掛了電話。

裝修聲響恢復。

雅雅拖著腳步慢慢地走回家。落寞的身影後方，又一兩家店家在敲敲打打搬進搬出，正如雅雅殘缺不全、無人可印證的記憶。

第四章

回到第八十一頁，小高家的洗手間。

手機在置物架上震動，螢幕朝下，不斷發出閃光，雅雅猶豫再三，還是伸出了手。

雅雅快碰到手機時，又縮回手。四下無人，不想留下指紋的話，抓張衛生紙把手機掀過來就好了，至少看一眼來電的稱呼。雅雅閃過這麼一念，但還是決定碰都不碰，穿好褲子，洗好手，在柔軟的擦手巾上拭了拭，開門，出去。

雅雅走出來，小高在開放式廚房裡忙著，吧台上已有倒好的兩杯紅酒，起司盤上面有三種起司和一撮果乾堅果，這是雅雅曾經夢想過的生活，但和阿昆這麼搞過一兩回後，剩下的起司就在冰箱裡發霉了，後來他們決定喝紅酒時只吃洋芋片和鹹酥雞。

雅雅顯然對稱呼還很陌生，不知如何開口。「那個……小高，剛剛您的手機響了。」

小高轉過身，一下子回神，眼睛一亮，衝進洗手間拿手機。

小高邊興奮講著手機，邊往外走。

「喂，是，我是，你已經到門口了嗎？喔好，我開門。」

雅雅看著小高興奮得像個小男孩的樣子。

「太好了！我要妳跟我分享歷史性的一刻！」

小高往門口走，快遞送貨員抱著一個大箱子給小高。小高抱著箱子進來，開心地拆箱。

雅雅也感染了興奮，湊過來看。

小高從箱子裡拿出一台儀器，前後翻看了一下。

「不行，妳現在閉上眼睛。」小高說。

雅雅一臉狐疑，但看著小高堅定的笑臉，也就乖乖閉上了眼。雅雅覺得小高下什麼指令她都會照做。一片黑暗中，聽到小高拉上窗簾的聲音。

「好，張開眼睛。」

雅雅睜眼，眼前是投影出來的宇宙銀河，九大行星在屋內轉動。雅雅被震懾住了，張嘴發出讚歎，幾乎流淚，但馬上務實的一面又不小心浮出來。

「啊，好美……但你買這個要做什麼呢？」

小高沒有答話，享受著面前的銀河。

「不好意思，我太實際了……」

「不一定每樣東西都要拿來做什麼，像現在這樣，就夠了，不是嗎？」

小高看著雅雅，雅雅感受到他柔情的眼神，低頭。雅雅看著小高把纖長乾淨的手指貼在自己手上，雅雅提起勇氣，主動把手反握住小高的手。

兩人擁吻。是的，像現在這樣，就夠了。

後面的幾天，兩人都在床上度過，反正外面在鬧瘟疫。小高柴米油鹽酒類儲糧充足，生鮮葉菜瓜果吃盡之後，還能變出番茄乾辣椒義大利麵，甜點是冷凍庫的冰淇淋佐冷凍莓果。雅雅像來到了吃到飽餐廳，全身飽足，她回以激烈的身體運動。兩人大多時候沒穿衣服，起身進食時也就披著浴袍或床單，如果這叫熱戀，她沒有印象她和阿昆可有過這樣瘋狂的時期。

她的手機早早就沒電了，後來連時間也不看，再後來，連窗外是明是暗也不在意了。有個早上，小高拉開窗簾，窗外的梧桐葉透著亮綠，而兩人躺在床上，全裸蓋被，擁抱著。那一刻，雅雅害怕小高就要趕她走了，趕緊先發制人，說了一句：「我該回去了。」

「外面在鬧瘟疫，妳出去做啥呢？」小高答，並且起身再次拉上窗簾。

「我要回家換衣服啊……」

「妳來以後都沒穿過衣服了，還需要換嗎？」

也是。兩人繼續蓋上棉被，如在叢林。接下來，就是生很多很多孩子吧。但是，雅雅的理智明白，小高還是很小心的，儘管從頭到尾沒提過保險套三字，小高還是很保險地，射在外面。更多時候是不射的。

一定有練過。

一切又結束在「唰」地一聲。小高拉開窗簾，這一次，真的如舞台布幕升起，傳染病過了，城市恢復生機。聽得見小販推車經過，腳踏車的鈴鐺聲，車聲人聲。窗外的世界開始運轉了，日復一日的大戲繼續上演，而後台這頭，必須來到曲終人散。

雅雅不捨地賴在床上，張開眼睛，發現身旁已無人。

小高站在窗前，背面全裸。

雅雅識相地進浴室好好沖了澡，穿著來時那套衣服出來，手上多拿了一本《生命中不能承受之輕》，問小高：能不能借我看？小高點點頭。

雅雅從後面環抱他，把臉貼在他背上。

「我該回家了……什麼時候可以再見到你？」

「妳希望我出現的時候，就會出現在妳家門口。」

小高沒有想穿衣服的意思，全裸送客，多麼有誠意。

雅雅自己下了樓，帶上了門。

「上面這一段，是雅雅的回憶、幻想，還是夢境？」

我最常被這樣問到。「咦，回憶就一定是眞實的嗎？」我狡詐地回應。那麼，應該換個方式，這一段情節，是眞實發生過的嗎？

是的。但是因爲無人可印證，它就只存留在雅雅的回憶裡。甚至，她在對閨蜜桑妮說起時，都因爲不願讓自己的人妻生涯有個不忠的汙點，而說了謊。她會帶著這個秘密，或者說這段如春夢一般的甜美回憶進棺材。

「那麼，對妳來說，小高的意義是什麼呢？」

幻影。

「不行。」又被打槍。

它來點醒雅雅，完美的伴侶只是稍縱即逝的假象，它讓雅雅有了破釜沉舟的勇氣，斬斷與阿昆早就該離該散的孽緣，它是最後一根稻草，壓垮雅雅和阿昆婚姻這頭養了十二年的駱駝。

「是，這些都成立。但是我們需要讓角色更立體，更有存在感。」

我明白的。

製片方的言下之意是，當我們拿著這劇本去遊說較有知名度、對票房較有帶動效果的一線男星時，總不能說：欸我們想請你來演個幻影。

「幫小高加戲。」製片方沒這麼魯莽直接地說，但我明白。

那是這個劇本最最可能接近拍攝的一段時間，我分別在冬天與夏天去了兩次上海。在台商高幹置產的區域，在劇本中小高開店的法租界區，來來回回走了幾趟，逛了幾家那樣的古董家具店，有時仰望梧桐樹，希望降下一些靈感與好運。

於是，小高，後來又出現了。（請見下一章，最終章。）

另外一個常被提出的問題是：難道不能按照時間順序，好好地說一遍嗎？

當然可以，但那樣會很無聊。我甚至希望與讀者及觀眾玩更實驗性的遊戲，例如：如果把現在這第四章的一五三到一五八頁，整個折起來不要看，你會相信雅雅嗎？（我們只是喝喝咖啡然後我跟他借了一本書。）

當然，如果你的理性腦袋需要一條線性的時間軸，我也可以整理如下。這是當初最最接近拍攝時，整理給美術組及造型組，以避免他們出錯的筆記。

● 十二年前（僅以一兩場回憶戲，或口述呈現）：

1. 雅雅建築系大四，高材生。她從小是好學生，卻沒交過男朋友，剛進大一的阿昆學弟，吊兒郎當，揚言一定要追到美麗冷酷的學姐雅雅。

2. 雅雅被阿昆的傻勁與熱情感動，兩人交往，阿昆又花心思求婚，兩人畢業不久後就結婚。但多情的阿昆到處偷吃，死心眼的雅雅一直包容著。

3. 雅雅被建築公司外派到上海，兩人婚姻來到每三個月相聚七天的新形態。

● 三年前：

1. 雅雅回台灣的前一天，阿昆把記者妹帶回家，出軌已是常態，一邊與雅雅恩愛視訊。

2. 雅雅回台，兩人討論泰國蘇美島靈修行程。

3. 女記者藉故來採訪，雅雅覺得有異卻不說破，一直包容著阿昆的那部分，有點崩解。

4. 雅雅去辦泰國簽證，小菲在櫃台算錯錢，只是無心之過，卻點燃了雅雅心裡的炸彈。

5. 阿昆安撫雅雅後，兩人踏上泰國行。

6. 在蘇美島靈修兩人大吵，阿昆送掉定情禮物打火機。

但之後的三年，仍是亂搞、被抓到、承諾不亂搞、繼續恩愛視訊、雅雅回台北小別勝新婚、雅雅回上海、阿昆偷吃、雅雅回台北、阿昆被抓包、阿昆承諾不亂搞……的無止境循環。

● 現在：

1. 雅雅回台北當天，傳染病籠罩兩岸三地，飛機停飛，邂逅了小高。

2. 阿昆等不到雅雅，在酒吧認識了小菲，意外斷腿，醫院封院，與小菲感情瞬間加溫。

3. 雅雅與小高在超市再度相遇。

4. 雅雅與小高度過好幾夜激情，這是雅雅的第一次出軌，小高身上有阿昆沒有的一切，是雅雅的夢幻伴侶。她有了破釜沉舟的勇氣。

5. 傳染病解除，雅雅回台毅然決然離婚，打算回上海就可以跟小高好好在一起。

6. 離婚後的阿昆，突然開始珍惜小菲，她身上有阿昆日漸消逝的青春活力，阿昆開始想與小菲定下來。

7. 雅雅回到上海，小高及小高的房子卻隨著都市更新消失。原來小高像個幻影，但她不可能再回去找阿昆。雅雅只能靠工作來轉移失落感。

以上，希望都還熨貼著您閱讀到現在，建立的時間感。

以下，保證時序不再亂跳。

第五章

1

「有些人的出現和消失，就像颱風或傳染病一樣自然。跟著我說一遍。」桑妮在電話那頭說。

雅雅在上海的套房裡，拿著電話，失魂落魄。

「有些人的出現和消失，就像颱風或傳染病……好啦，我知道了啦，我會好好的。妳別擔心。」雅雅的聲音聽起來還是很讓人擔心。

門鈴響。

雅雅急急掛了電話，開門。是拿著一個大箱子的送貨員。

「袁小姐是吧？哎呀，我找妳好久，這上面又沒留手機。」

「我回台灣去了，昨天才回來。」

「來，這是高先生給妳的貨品，請簽收。」

她第一次看到小高的全名。嗯，高建國，不怎麼樣。第一次看到小高的筆跡，不如其人，瘦長扭曲如青蛇，不怎麼樣。

雅雅關門後迫不及待打開，正是她兩個禮拜前，與小高一起拆箱的九大行星投影儀。雅雅還是有歷練過的，她沒馬上打開投影儀重回宇宙，而是急著往外跑，在中庭叫住快遞。

「帥哥！你有寄件人的地址吧！」

快遞還愣了一下，單子上並沒有。

「如果你找不到我，一定得把這貨品送還回去，對吧？那要送到哪兒呢？」

雅雅這次不會再放掉了。她等著。

快遞小弟真的打了幾通電話回各區的物流轉運中心去問，最後，把一行地址寫在便條紙上，交給雅雅。

小高住在地鐵到不了的郊區，如台灣的重劃區，寬廣筆直的馬路邊，突然出現一區紅磚新建築，每戶皆是獨門獨院。雅雅搭計程車戰戰兢兢來到小高的住處外，仍是那一襲紅色小洋裝，拎著紅酒。

雅雅不用按門鈴，因為小高正帶著妻子和約莫五歲的小男孩，一家人溫馨幸福地，把車停在獨棟樓房前，妻子還大著肚子。

雅雅驚訝而困窘，她摀著嘴巴，躲到路邊的車後，害怕被發現。她的處境無人知曉，她在不知情的情況下，成了她這十二年分分秒秒在對抗的角色，小三。她對那些互不相識的小三們，曾發出無數意念，有坐穩寶座的傲慢，也有嫉恨與咒罵。但現在，她成了別人婚姻之中的小三。

慶幸的是，這種尷尬的處境沒維持太久，感謝她穿了引人注目的大紅色，在進門的那一瞬間，小高轉頭看見雅雅了，他投以真摯的目光，並不躲藏，正如那夜在銀河蒼穹下的熾熱目光。

他向雅雅比了一下自己車子的擋風玻璃，雅雅看過去，懂了，上面有他的電話。「暫停一下」。雅雅點點頭，表示明瞭。

她沒想過他們會用這種方式交換電話號碼。等小高入門後，雅雅往前走了大約兩百公尺，她感覺到安全的距離，才發了簡訊。只有三個字：袁若雅。重點是小高將得到她的電話號碼。

也許，小高必須和妻兒吃過晚飯，才會打給她，或許要等到妻兒都睡了。雅雅走到路口，心想，要是有計程車來了，就攔了上車吧。

在這荒涼的郊區，第一輛接近雅雅停下來的車，就是她剛剛才看過的，小高的車，小高側身，幫她開了副駕駛座的車門，雅雅無可選擇地上車。坐上剛剛那位太太才剛坐過的位子。

「你編了什麼理由出來呢？」雅雅冷冷地問。同時想起阿昆曾說過的無數理由，我要大便，米魯在酒吧闖禍，上週裝的廚房流理台在漏水，上個月鋪的浴室瓷磚凸起來了。

嚴格來說，這次是他們的第三次碰面。第一次是陌生人，第二次是情人，這一次，像仇人了。

小高沒回答，載雅雅來到一家外觀有點俗氣的泡沫紅茶屋，台灣人開的。雅雅知道千萬別點珍珠奶茶，要了阿里山烏龍，小高則點了柳橙汁。

「那家店是我朋友開的，我只是股東，本來就打算要結束營業了，他被困在香港回不來。我之前要他幫我從義大利訂的行星儀，不知道什麼時候會寄來，所以我過去等，順便住在那兒。」

「不回家沒關係？」

「我太太那段時間帶小孩去美國探親，我那天去浦東，其實是去送機。」

啊，腦補了。雅雅當時看小高只揹一公事包，以為他是國內線飛來飛去的商務人士。

重新釐清，雅雅是在一家預備關閉的古董店裡，與一個老婆不在家來幫忙看家的路人睡了十二夜。

接著，小高直切入重點，而那通常以非常經典的三個字開場。

「對不起。」

小高向雅雅坦白，不該隱瞞自己已婚身分。雅雅沒說話，太難解釋了。彼此彼此，我那時也是已婚。但我他媽為了你回去離婚了。

「妳一句話，我願意離婚。」小高仍是一樣認真的眼神。

雅雅呆住了。

阿昆，也曾經這麼對某個或某幾個女人這麼說過嗎？不可能，否則她的寶座不可能坐到她自己自動離席。阿昆在不可避免地傷害她的同時，也傾盡全力地保護她，保護他們的婚姻。

小高現在讓她害怕了。而她也突然感覺自己的一切與小高無關，她不是因為小高而離婚，她離婚也不是為了要和小高在一起。

「你認識我嗎？瞭解我嗎？」雅雅問。

「我們還有很長的未來。」小高永遠不缺好聽的答案。

「我不想當罪人。」雅雅說，她說的是真的。

「我會好好處理，妥善安排他們。」

如果是阿昆，他不會這麼輕率而無情地對雅雅。好好，就是好好一直在一起，妥善，就是不離不棄。

「把我電話刪掉，不要再找我。」雅雅揮手，請服務生幫她叫計程車。

小高並沒有追上來。好弱啊。

2

黑暗中，阿昆點亮蠟燭，插在小小的生日蛋糕上，雙手捧著。他們在一起半年，來到了小菲的生日。

阿昆和小菲兩個人依偎在一頂帳篷裡，旁邊散著睡袋、零食，和汽水。

「快點！許願！」阿昆說。

小菲的臉被燭光映得紅通通，笑得燦爛，雙手合十在胸前，閉著眼睛。

「我希望……」

突然蠟燭從蛋糕上掉了下去，點燃了睡袋，阿昆大叫，小菲張開眼。

「快點，你先出去！」

阿昆小菲倉皇逃出帳篷，才看見原來帳篷只是搭在阿昆家的露台，阿昆趕緊抓了長水管，往帳篷裡猛噴。

火滅了。

阿昆一個人哇哇叫，笑得樂不可支。

阿昆注意到小菲，在一旁不以為意，不擔憂也不興奮，趁阿昆滅火時，從口袋拿出手機來看。

阿昆把水管丟在地上。

「我注意到妳今天晚上一直在看手機。如果妳認識了什麼新男生……」

小菲打斷阿昆，「不是啦，你別亂想，是我的……嗯……一直放在心裡，很喜歡的人。我們沒有辦法在一起，但他每年都會傳簡訊跟我說生日快樂，都是在一大早就傳……可是今天沒有，我怕他是不是怎麼了。」

阿昆微露醋意。

「你生氣了？每個人都可以在心裡有個最喜歡的人的，不是嗎？」

阿昆嘟嘟嘴，「是啦，可是沒有人會像妳這麼誠實說出來……」

小菲吃了一口奶油蛋糕，直接把嘴湊上阿昆嘟起的嘴唇，把奶油沾在他嘴唇上。

「不可以吃醋。」小菲說。他們之間有種幼稚園老師對待小朋友的相處模式，大部分時候有用。

小菲的手機終於響了，阿昆自己演起來。

「啊，你想要我迴避的話，我可以到房子裡面去。」

小菲一個白眼。「是我媽啦。」

小菲接起手機，切成擴音。讓阿昆驚訝的是，他們說廣東話。

「媽咪！」

「生辰快樂！」

「多謝媽咪，沒在忙嗎？」

「現在剛好沒客人，妳還好嗎？」

「很好啊！」

「妳什麼時候回來？有個好消息要跟妳說……歡迎光臨！坐哪桌啊？小菲有客人來了，不跟妳說了，照顧好自己啊。」

電話那頭聽得到一室熱鬧。

「有客人……妳媽在做什麼的？」阿昆問。

「我家在中華街開餐廳啊，沒跟你說過嗎？」

「沒有。」阿昆在意的是另一件事，「妳剛剛怎麼沒跟妳媽說妳交男朋友？」

「有啊！」

「哪裡？不要以為我聽不懂廣東話。」

「明明就有，她問我好嗎？我說很好，你就在那很好之中，你就是那個很好！」小菲說著又要把身體黏上來，好好好，阿昆輸了。

「妳多久回去一次？」

「五年前，來台灣後，還沒回去過。」小菲突然所有表情褪去，神情落寞，像個想家的小孩。

阿昆把她的頭壓過來，靠在胸前，小菲的眼淚流下來。

「想回去嗎？」

小菲點點頭。

3

熱鬧的曼谷中國城，當地人稱「耀瓦拉」，街邊影碟店播放著鄧麗君金曲，甜蜜蜜、何日君再來、我只在乎你。小菲和阿昆像自助旅行者一樣，揹著大背包拉著行李箱走在人群中。

中華餐廳門口絡繹不絕，人聲鼎沸。

「幾位？這邊請。」

「媽咪！是我啦！」

菲媽定睛一看，感動得抱抱親親小菲。原來動不動就親親抱抱是遺傳的。真好。

「這是阿昆。」

「撒哇迪卡~」阿昆雙手合十在胸前。

「你好，呷飽未？」菲媽以台語回應。

小菲帶阿昆搬著背包和行李箱，從狹窄的樓梯爬上樓，他們的住家就在餐廳樓上。

菲媽不斷端菜上桌，一桌豐盛。

「我知道你們台灣人來最愛吃生蠔。吃啊吃啊。」

阿昆笑得有點僵，不敢動筷子。

「你放輕鬆啦，我媽人很好。媽咪，妳普通話越說越好。」

「中國客人越來越多了嘛！」菲媽幫阿昆和小菲夾菜，「待會兒有個神秘嘉賓。」

小菲彷彿感應到什麼：「阿澤？」

母女接著以廣東話交談，阿昆只能含糊地聽出一點端倪。

阿澤的太太一年前在清邁帶團時因為車禍過世了，這一年他自己帶小孩，最近從清邁來曼谷參加政治抗議遊行，也帶著兒子來，借住在他們家。菲媽跟他說，小孩才五歲，應該送去短期的幼兒園，不要帶去街頭。所以阿澤每天抗議遊行完，才去接小孩，現在應該快回來了。

阿澤是誰？遠房親戚？大表哥？舅舅？叔叔？

小菲聽完後，只問一句：「他太太什麼時候過世的？」

「一年多前囉。」

「所以他太太過世他都還記得我生日，忙起了抗議就忘記了。」小菲苦笑：「還真是我認識的阿澤耶。」

「阿澤是誰？」阿昆忍不住問了。

「你們會是好朋友的。」小菲回答。以她的「很好」邏輯推估，意思是，他是我的好朋友，你也是我的好朋友，所以你們會是好朋友的。

阿澤牽著一個圓臉圓眼的小孩回來了，脖子上掛著毛巾，小菲的年紀，但成熟許多，強健帥氣，有著深邃的眼神。

「歡迎歡迎。」阿澤和阿昆同時對彼此說。但顯然是阿昆反客為主了。

他的普通話更是好得驚人，全無口音。阿澤一到，小菲就不像平常那麼活潑，有幾個瞬間，阿昆看到小菲對阿澤投以無怨無尤的眼神。

所幸阿昆有一套自處之道，他主動炒熱氣氛，夾了兩枚生蠔給阿澤，舉杯，四人乾杯吃飯，有種詭異的氣氛。

從小菲家頂樓，可以看得到中華街全景。

夜已深，店家熄掉招牌燈，街上還有些遊客走動。小菲在陽台上幫媽媽染髮。

「在台北學的啊？比髮廊還厲害。」

「對啊，我最高紀錄一天洗過三十顆頭！」

「這幾年……很辛苦吧……我有聽妳阿姨說，那個簽證辦事處的工作妳只做兩個禮拜……」

「那不適合我啦。」

「老話一句，平安就好。」

小菲在媽媽頭上包上保鮮膜。

「好了！等二十分鐘！」

母女兩人看著夜景，享受著遠處河岸吹來的涼風。

「去陪阿澤聊一聊，他好像有事找妳。」菲媽說，「妳怕傷害阿昆嗎？」

小菲搖搖頭。「會好的傷，都不算什麼吧？」

在打烊的店面裡，阿澤擦著每一張桌子，把椅子翻到桌上，準備拖地，顯然是某一種借宿親戚家的打工換宿吧。阿昆本來呆望窗外街景，覺得不好意思，也站起來幫忙。

「阿澤，你國語怎麼這麼好。」

「我台灣人啊，小菲沒跟你說？」

「難怪你講話都沒口音，都沒回去過嗎？」

「搬到清邁以後就沒有了。」

「都不會想回去嗎？台灣那邊沒有親戚了？」

「回去？我高中就跟爸媽移民泰國了，感覺這裡才是我家。反而我台灣的親戚很愛來找我。」
「哦，你……在台灣的時候住哪？」
「台中。我中一中的。」通常只有讀一中女中的人，才會如此自然又大方地在介紹家鄉時順便報上自己的母校。
「我也是耶！難怪！」
阿昆難怪得太大聲，像抓住了某個線索，這一叫，讓阿澤有點尷尬。
這時小菲走下樓來。
「你們在聊什麼？」小菲問。
「聊妳啊。」
「我有什麼好聊的？」
「聊妳之前的男朋友啊，阿澤在跟我講妳豐富的感情史，要我小心一點。」
阿昆這一講，像是戳破了紙糊的燈籠，只見小菲跟阿澤眼中都閃過一道異樣的光，兩人隨即轉移話題。

小菲向阿昆做了一個鬼臉，這才是阿昆熟悉的小菲。

阿澤拖完地了，小菲也幫忙恢復桌椅。

「這次會留幾天？」小菲以泰文問。阿昆聽不懂了。

阿澤以泰文回了個數字，從背包中拿出一疊遊行用的傳單和路線圖，向小菲解釋。兩人用泰文討論著，讓阿昆覺得像是外人。

突然小男孩圍著浴巾從浴室衝出來了，直接衝到小菲身上。小菲逗弄著他玩，「我看過你哦，隔著你媽咪的肚子。」從小菲做出的孕婦手勢和阿昆聽得懂的「媽咪」，應該是這個意思。

阿昆眼前是一家三口，他在外面的世界。語言、情感都是。

「我先去洗澡了。」阿昆說。

「內褲和毛巾在背包。」小菲在這一秒好像又回到他這邊，像個賢慧的妻子。

阿昆洗完澡，直接走到陽台上，拿出菸點燃。

「也給我一根好嗎？」

在旁邊頭上包著保鮮膜的菲媽出聲，嚇了阿昆一跳。

阿昆抽出一根菸給菲媽，要點菸時，他手上的十元打火機卻點不著。

「沒關係，我有。」

菲媽從口袋裡拿出一個閃亮的打火機，發出清脆的「噹」一聲。

阿昆好像被召喚起什麼，接過打火機，點火，看著菲媽的打火機，跟之前雅雅送給自己的定情打火機很像。

「這是小菲她爸爸留給我的，哇……用三十年了……」

阿昆禮貌地拿過來端詳。「嗯，對……這個很好用……我以前也有一個……」

「好神奇哦，人的命比打火機的命還短，但是記憶又比打火機長。」菲媽用可愛的普通話說。

阿昆略略知道，小菲很小的時候，爸爸就過世了。媽媽沒再嫁，一個人帶著小菲，辛苦經營爸爸留下來的海產熱炒。

兩個人就這樣，一同抽菸，像交換著說不出的心事，看著遠方大樓的燈火。

一大早，中國城靜寂。

小菲家傳出乒乒乓乓的下樓聲。阿昆揹著自己的大背包跟行李下樓。

小菲在後頭跟著。阿昆自己拉開鐵門，鑽了出去。

「你要去哪？」小菲在冷清的大街上喊。

「吃早餐！」

「吃早餐幹嘛揹背包？」

「我高興。」

「你哪裡都不認識要去哪吃？我帶你去吃我從小吃到大的粥！」

小菲說罷，勾住阿昆的手，卻不看他，只快步往前走，阿昆覺得悶，只能跟上。

小菲和阿昆面前有兩碗粥，一盤腸粉。兩個人像到了攤牌時刻，氣氛凝重。

「那個人就是阿澤，對吧。妳說的那個心裡最喜歡的人，就是他，對吧？」

「對。」

「那……我只是妳的備胎？」

「對。」

阿昆臉皺了一下，隨即彷彿中箭，誇張地以手壓心臟。「我就知道妳不會說謊。」

「為什麼要說謊？是誠實說出來比較讓人傷心？還是說謊，最後被拆穿？」小菲說。

「我不知道，我只知道現在妳的誠實讓我傷心了。」

「你會好起來的。」小菲說。

阿昆點點頭，「我想也是。」

「我爸爸在我國小的時候車禍過世了，我那時候覺得我不會好了，後來也好了。阿澤在我最愛他的時候，搞大別人肚子跟別人結婚，我到台灣去，好像也漸漸好起來了。還有很多，小學畢業啊、養的小鳥死掉啊、芭比娃娃的腳被野狗咬斷啊，我都哭很慘，最後也都好了。」

「所以妳要跟阿澤在一起了嗎？他太太過世了。」

「嗯。等到他這次遊行結束，我想和他一起回清邁。」

「當那個小朋友的媽媽？」

「嗯！」

「恭喜！其實妳很適合。」阿昆有點痛苦地說。

「阿澤和他爸媽移民來曼谷，轉學到我們學校，本來高二，讀了一學期，為了學泰文又從高一開始唸，所以我們才能同班。你不覺得這很神奇嗎？我們差一點就不會認識了。」

「我和妳不也是嗎？」阿昆苦笑。「我還以為我的人生就要天翻地覆了。」

「現在呢？」

「也許是回到原點，回到一個人。然後呢，妳跟阿澤？」

「我們很快地交往，也發生了彼此的第一次。然後他又和他爸媽去清邁，我本來也想跟去，但他在那邊認識了新的女孩子，那女生還懷孕了，他們要結婚了。我搭火車去清邁，就是想要看一眼。我真的看到那個女生大肚子，我覺得我可以接受的原因是，阿澤沒有騙我。回到曼谷，我就跟我媽說我要去台灣讀華僑中學，考大學。她也沒留我。」

「因為阿澤是台灣來的。」

小菲點點頭。

「你知道嗎？要去台灣的時候，我打電話跟阿澤說：不管他在哪裡，只要他一句話，我一定到他身邊。」

小菲又一串淚掉下來。

阿昆被感動了，眼眶紅了。

「幹，這句真感人，我要學起來把妹。」

小菲破涕為笑，抹去眼淚。

「吃吧，粥都涼了。」小菲說。

兩人低頭吃粥，小菲突然抬頭。

「阿昆，謝謝你。」

「謝什麼？」

小菲搖搖頭，眼角還帶著淚，低頭吃粥，阿昆也跟著吃粥。

「謝謝你陪我。」小菲含著粥，哽咽地說。小菲拿出一把鑰匙，交給阿昆。

「這什麼？」

「你家鑰匙。我第一次自己去你家餵貓的時候，偷偷打的備份鑰匙。那時我跟自己說，我好喜歡這個家，但是，也許再也不會來了。那，至少我要留一把鑰匙。」

「再也不會來的地方，留一把鑰匙幹嘛呢？作紀念哦？」阿昆不懂。

「我一直留一把隱形的阿澤鑰匙在身上，你看，現在不就打開了？」

4

阿昆一個人揹著背包在考山路遊蕩，坐在露天咖啡座喝著啤酒，他想就這樣讓自己好好放鬆一下，有人端大麻過來他都會買。

紮著滿頭辮子的西方嬉皮青年們絡繹不絕，有些彈吉他，有些像在冥想。

一個泰國年輕人拿著一盤打火機走過。阿昆突然眼睛一亮，看到一個閃閃發亮的打火機。

「嘿！等一下！」年輕人停下。

阿昆拿起那個曾經非常熟悉的打火機，上面刻著一個愛心，裡面兩個英文字母：ＹＫ。阿昆說不出有多麼意外驚喜。

「How much？」

小販在計算機上按了一和四個零。

阿昆用衣服擦了擦，點了火。

阿昆沒殺價，從口袋撈出縐巴巴的鈔票，幾乎把所有錢都給了他。

阿昆看著打火機，突然想到什麼，匆匆拿上行李，往外攔計程車。

5

阿昆來到曼谷機場。他不會曉得，今天晚上，在曼谷最璀璨的市中心，最新潮時尚的設計中心中，將有一場亞洲區建築頒獎典禮，而得獎的是雅雅公司的作品，雅雅此刻也剛剛抵達曼谷，她來領獎。

雅雅從商務艙出來，拉著輕便行李，在出口與接待人員碰面，坐上黑頭廂型車。而另一層，出發樓層，阿昆剛下計程車。

阿昆到櫃台買了往蘇美島的來回機票。

阿昆回到當初的靈修中心，他根本忘記當時的碧海藍天，這次也沒心思看，他只顧著跟櫃台喇賽，要求看當年寫的小卡。

「那張小卡對我很重要！我拜託你們一定要給我看一眼，不然我這一生可能會毀掉。」

「先生，所有學員的資料我們都必須保密，連我們的老師都沒有看過，所有的答案都應該在自己的心裡。」

阿昆心裡自言自語，我聽你在唬爛，但又切換了更真誠的語氣，佐他的破英文。

「請你們聽我說，這是我最後的心願，我可能不會再見到她，但我要知道她在想什麼，請你們幫我好嗎？你們不就是為幫助人而設立的嗎？」

「先生，我們能理解，但是真的沒有辦法，請你諒解。」櫃台人員雙手合十，不斷鞠躬。

阿昆嘆了口氣，往外走，看到門口有位打掃的小弟，眼露同情地看著他。

小弟發現阿昆在看他，趕緊別過頭，拿著掃把往前走。

阿昆追上小弟，拿出手機，似乎在做著什麼條件交換。

雅雅換上小禮服，在鎂光燈簇擁中登台領獎，接受榮耀與掌聲。典禮結束後，雅雅來到派對，與各衣著正式的西方人泰國人亞洲人社交應對，杯觥交錯，雅雅笑容中卻難掩孤獨。

雅雅早早回到房間，拿著手上「亞洲建築設計大獎」的獎座，她在彈簧床上滾了幾圈，大笑了幾聲。她想起，大學時，拿到第一個全國大學生設計獎，上台領獎時，阿昆在台下鬼叫得比雅雅還開心。

雅雅看著獎座，猶豫許久後，拍下照片，發給阿昆。

阿昆和小弟談妥條件，阿昆送他手機，而他可以讓阿昆趁交班時溜進去資料室。小弟在外面把風，一邊把阿昆送他的手機拆開，把SIM卡丟到海裡。

突然遠遠地有一道手電筒的光掃來，小弟朝內喊了幾聲後，便手忙腳亂地跑走了。

阿昆渾然不知，一心拿手電筒，在資料櫃中翻找。

阿昆翻過一頁一頁寫滿心願的資料夾，各種英文日文中文簡體字，就是找不到一張中文繁體字。雅雅不會用英文寫吧，那就難找了。

突然開門聲響，阿昆抱著資料本躲到一張桌子底下。燈亮，是值晚班的警衛。警衛打開電視，坐在椅子上，轉到MV台，跟著哼歌。

阿昆繼續用鑰匙圈上的小手電筒，小心翼翼地，翻找著檔案。突然聽到熟悉的旋律傳來。阿昆偷偷摸摸地去看電視畫面，電視上正在播放莫文蔚的MV〈外面的世界〉。

阿昆聽著歌，愣了一下，他同時認出雅雅的筆跡，他拿著手電筒一字一字照亮：「當你覺得外面的世界很無奈，我還在這裡耐心地等著你。」

阿昆忍不住眼眶濕了，捂著嘴巴。

雅雅在曼谷的高級酒店，坐在床上，哭著看著電視上的〈外面的世界〉MV，一邊看著沒有回應的手機，一邊自己把整瓶紅酒抓起來仰頭喝。

她又哭又醉又唱。忍不住拿起手機，撥出電話給阿昆。

「您撥打的電話沒有回應……」

借著酒意，雅雅趴在床上痛哭，稀稀糊糊的聲音喊著：你在哪裡、你在哪裡？

阿昆躲在蘇美島靈修營檔案室的桌子底下，哭得像個孩子似的。

6

十年前。

雅雅揹著雙肩背包穿牛仔褲，清純學生模樣，在桃園機場check in，寄好行李，與父母擁抱後，往出境處走去。

機場外側，飛快駛進一台軍用吉普車靠邊停，是理著平頭、帶著黑框眼鏡、穿著軍服的阿昆與米魯。

「欸，兄弟，你這次是認真的吧？」

「當然啊！我看到雅雅的時候，就覺得就是她了！這次讓她走我就什麼都沒了！」

「幹得好，厲害！你要是不成功就別回來了！我可是賭上要關禁閉的風險。」

阿昆匆忙下車，奔跑進機場，張望了一下，撥手機給雅雅，手機傳來「您撥的電話已關機」。

雅雅在安全檢查關口隊伍中排隊。

阿昆跑到航空公司櫃台，急躁地說：「妳好我要一張月台票！」

櫃台小姐憋著笑但仍有禮貌地說：「先生不好意思，機場沒有月台票哦。」

「那給我一張最便宜的機票。」

「請問要到哪裡呢？」

「隨便隨便！我只要可以到候機室就好！」

雅雅通過安全檢查，往前走。

阿昆刷了卡，快速拿過機票和登機證。

「謝謝您，祝您旅途愉快。您的登機時間……」

不等小姐說完，阿昆快速往前奔跑。

阿昆一路狂奔，一路插隊，通過安檢後，繼續往前跑。

雅雅已在海關出入境處排隊。

阿昆繼續奔跑，到了出入境通關查驗處，他四下張望，沒看到雅雅。隊伍很長，阿昆不斷推擠前方的人，嘴巴喊著：「拜託拜託求求你讓我過一下。」

「先生麻煩請排隊好嗎？我們要叫警察囉。」旅客不耐地說。

「對不起我很趕！請先讓我到前面去！我下輩子會做牛做馬報答你！」

「先生你這樣我們其他人怎麼辦？」又有旅客說。

旅客推了阿昆一把，阿昆仍奮命向前，一邊大叫。

機場警察過來維持秩序。

「先生請你排隊！」警察拉住阿昆。

雅雅感覺到後面的騷動，但只是回頭看一下，沒覺得有異狀。

輪到雅雅，遞上護照與登機證。

海關人員一邊翻著護照，一邊虧著雅雅。「妹妹，要去法國唸書哦？」

雅雅害羞點點頭。

「哦，要唸幾年？」

「三年。」

阿昆被警察抓住，完全失控，一邊掙脫往前看，看到雅雅就站在櫃台前。

阿昆使盡全身力氣大喊：「袁若雅！不要走！袁若雅！留下來！」

雅雅轉頭，看到阿昆被警察和其他旅客拉著。所有在排隊的旅客都轉過來看阿昆。

海關人員看了一下雅雅護照上的名字，覺得好笑。

「在叫妳嗎？」

雅雅點點頭。

「妳要留下來嗎？」

「不好意思，請等我一下！」

雅雅再次轉頭，目光尋找著阿昆，因為太突然太驚嚇太害羞了，雅雅連阿昆的名字都喊不出來。

兩人對到眼了，阿昆繼續大喊，混著啜泣聲與哭腔。

「雅雅！不要走！留下來！嫁給我！嫁給我！」

有一兩個年輕旅客拍手叫好，其他人隨即應合，大家拍手歡呼。有人帶頭喊了：「嫁給他！嫁給他！」接著一大群人湊熱鬧似地，一邊拍手一邊喊：「嫁給他！嫁給他！」像彩排完美的求婚劇。

海關把護照遞回給雅雅，做出了個「趕快去吧」的手勢。

雅雅沒有疑惑地往回跑，穿過人群，群眾們迅速自動讓開位子，阿昆也往前跑去，兩個人在加速度的撞擊中擁抱，眾人歡呼。

可惜，那還不是智慧型手機行動上網的年代，無人拍攝，無人上傳，無人直播，更沒有記者來抄，只留在他們的回憶中。

7

一大群穿紅衣的民眾，走上街頭，一邊喊著訴求。小菲跟著阿澤走在群眾中，小菲偶爾轉頭看看阿澤，臉上滿足。

雅雅坐在計程車上，往機場。抵達機場時，周圍出現穿黃衣的抗議民眾，一批批湧入，佔領機場，警察在外面拉起鐵籬。

機場大門寫著：close。警車聲、抗議聲鬧烘烘一片。雅雅越來越驚恐。

司機停下來，用英文說：「女士，機場關閉了，您想要下車等，還是回飯店？」

「會關閉多久？」雅雅問。

「不知道。他們這一佔領，不知道要鬧多久？」

「那，請載我回飯店。」雅雅說罷，開始用手機聯絡上海辦公室。

車子往外開時，一批批被疏散的遊客，在路邊攔計程車，司機停下來。

「女士，我可以多載兩個人嗎？我可以退您錢。不然這些人不知道要等多久？可能接下來沒有車子進來了。」

雅雅看著窗外的混亂，她不是沒慈悲心，她只是想盡速逃離，吸了一口氣，狠心地說：「No，請直接載我回飯店。」

雅雅拿出手機，打給助理。

「喂，小趙我跟你說，現在曼谷有暴動，我沒事，但是機場關閉了，不知道要等多久，我先回飯店，你幫我把明天的會議延後，還有我家鑰匙放在左邊第二個抽屜，你可以去幫我餵貓嗎？好，謝謝。」

雅雅掛上電話，突然看到車外一個熟悉的身影，也在對計程車招著手。

「Stop！」雅雅喊。

司機踩了煞車。

阿昆看到計程車停下來，行李箱打開了，他把大背包放進去，關上。

雅雅轉頭，從眼角餘光看阿昆的動作，難掩湧動的情緒。

阿昆開車門，像個大男孩，以英文說：「Thank you……」

阿昆坐好，關門，才轉頭，看見雅雅。

計程車緩緩開動。

車外，機場外圍，抗議群眾又一批批湧入，搖旗吶喊。警察拉起封鎖線，民眾和警察開始推擠。有些民眾在馬路中間鋪上塑膠布，擺上物資，有了長期作戰的決心。

車上，阿昆和雅雅兩個人都說不出話。

雅雅看阿昆，阿昆看著車外，兩人都抿著嘴唇。

阿昆回頭看雅雅，雅雅低頭躲避阿昆的視線，卻看見阿昆手上拿著結婚信物，那只打火機。阿昆把手攤開來，打火機在阿昆手心裡安然躺著，雅雅把手疊上去，十指交扣，包覆著曾經象徵承諾的信物。

「還在？」雅雅小聲地問。

「還在。」阿昆肯定地回答。

兩人終於抬頭望著彼此，雅雅的眼淚滿到眼眶，嘴角是笑的。

外面的世界紛擾、暴亂、嘈雜、動盪依舊，而他們需要的，不過是那道安穩堅定的眼神。

問答代跋／

所有堅固的東西都煙消雲散

提問／皇冠編輯部

＊梓潔說這部作品早在二〇〇六年就開始動筆，一開始爲什麼會想寫這樣一個故事？這個故事和歌曲〈外面的世界〉密不可分，是先有故事還是先選了歌呢？

《外面的世界》最早叫做《圍城》，名字靈感出自錢鍾書先生的《圍城》：「婚姻是一座圍城，沒有結婚的人，拚命想擠進去，結了婚的人卻拚命想向外爬。」

二〇〇六年，我才二十六歲，怎麼會去想這麼「成人」的故事呢？

現在想起來也覺得不可思議（笑）。但故事的形成彷彿就是這樣，看到聽到一些身邊人事，自己有些幽微卻真切的感受，再加上從所讀經典中抓到一條繩索，故事就慢慢養，慢慢成長了。

比較有趣的是，這故事整整養了十二年。

二〇〇六年，我到琉璃工房的上海分公司工作，開始有一點點「兩岸」經驗，也從同事與前輩口中，聽到一些因為分隔兩岸而分分合合的愛情與婚姻故事。二〇〇六年夏末一次返台假，從機場搭巴士回到台北市區，正好遇到倒扁紅衫軍「圍城」行動，車子完全堵死不動，而我那時又急切地想見到當時男友，便提早下車改攔計程車。這當然是很愚蠢的，因為整座城都癱瘓了，計程車也快不起來，我記得上車後，司機問我：「圍城了耶，妳還要進去嗎？」

好像就是這句話，投進了一顆種子，讓這個故事滋長，感謝計程車司機。（笑）

那時雖然一邊從事文案和記者工作，偶爾還是有電影圈朋友找我發展劇本，就是聚會時會隨口聊聊，啊我現在幫什麼什麼電視台找劇本，妳有沒有什麼什麼大綱，我就把《圍城》寫成了大約兩千字的故事大綱，送出去，沒回應，大概就是死了。很多故事大綱都是這樣被不明埋葬的，我雖不以為意，但一直默默珍愛著這大綱。

在「時間軸」上，有趣的是，這段提案過程就正好落在〈父後七日〉投出稿件參加文學獎，到得獎公布的這段區間。先播種的，不一定先收成。接著的幾年，便是忙著〈父後七日〉改編、提案、拍攝、後製、宣傳、上映，一直到二〇一〇年底。我像是電影界的「空降部隊」，第一個電影劇本就得大獎，雖然有一些新案邀約，但當時只有一個念頭：如果要寫電影劇本，我最想寫的就是《圍城》。能夠如此任性，當然是因為《父後七日》原著散文集暢銷，版稅足以支撐生活。

花了大約十個月時間，中間還去了曼谷做田調（小菲家的背景的確是這次去曼谷才想出來的！），《圍城》初稿完成了。而，是在修潤時，偶然聽到莫文蔚翻唱齊秦的〈外面的世界〉，整個起雞皮疙瘩，發現比起堅硬嚴肅辯證的「圍城」，這個劇本更接近「外面的世界」，那種深情眷顧。所以決定改了劇名，也把歌曲鑲嵌入劇情中。

劇本寫好，《外面的世界》卻因為各式各樣的因素，至今仍未開拍。很多劇本都是這樣被不明埋葬的（笑）。既然是生下它的人，我決定讓它「轉生」，以小說面貌，再活一次。

＊「強項爲改造老屋，保留傳統形制，賦予新生命。」是雅雅跟阿昆的工作，感覺也是在暗指他們保留傳統的夫妻形式，但給予這段感情新的意義，在角色的設定上有什麼特別的用意嗎？

「一切堅固的東西都煙消雲散」，下筆時一直想著這句格言。研究所時期（二〇〇六年離彼時期尚不遠）修了現代主義的課，對現代性體驗中的種種個人、斷裂、碎片尤其著迷，而在《一切堅固的東西都煙消雲散了：現代性體驗》這本論著中，作者把現代主義定義為：現代的男男女女試圖成為現代化的客體與主體、試圖掌握現代世界並把它改造為自己的家的一切嘗試。

大概是當時讀的這些東西，加上在上海工作時常在新舊街區漫遊，所以構思這故事時，便想要在毀壞、重生，堅固、脆弱，新、舊，這些元素之間援引流動，所以故事裡不論是關係、時間、記憶，都帶著「敲碎重來」的企圖。

另外，應該就是我個人對「家」的執著。從離開原生家庭後，無論是宿舍，或是租來的小房間，我都會快速讓它有個「家的樣子」。甚至是短居幾日的旅館，也會趕快讓各種家當細軟各就各位。始終在移動流離、拆毀變異中，卻想緊抓住什麼安穩的東西。我想這也是雅雅和阿昆

（或所有人？）的生命寫照。

但事實上，沒有什麼是不變的。

裝潢佈置好的高雅新屋，就算不累積雜物，每天風吹也會積灰，瞬息間都在變化，更別說更大的地震風災，或是房地產震盪。

堅固表象底下，其實一切終將煙消雲散，無所憑依。物質、愛情、記憶皆然。阿昆和雅雅的家，收拾了又搞亂，小高的古董屋更是直接拆店裝修，雅雅阿昆的工作都是每天在拆拆蓋蓋，修修補補，正如他們的關係。

回想起來，二十多歲那段日子經常在搬家，上海台北兩地跑，當時工作參與了幾次展覽，每次都看著展場從無到有，展期結束就收拾乾淨，簡直就像壇城沙畫。如果來到現在生命相對安穩的狀態，也許就想不出這樣的設定了。

＊「只要在動，就有希望。只要等得到的，就不是苦。」梓潔也相信愛情，或甚至一切需要耐煩等待的事情，都是這樣嗎？

正好相反。我是非常沒耐性的人，最怕塞車和排隊。（笑）

我經常會把自己缺失的部分，貫注在女主角身上。明明自己是個天兵，女主角卻常精明幹練。所以雅雅身上那種耐磨耐等，也是我缺乏的。

之前讀到李昂老師的訪問。大意是，記者問她，明明自己是自尊很強的人，卻常常把女主角寫成對愛情不顧一切，粉身碎骨，像小狗一樣哀求，是在嘲弄嗎？李昂老師很真性情地回答：「不是嘲弄，是補償！寶貝！」

我想我不僅在補償自己的缺失，也在努力地磨練中。

「只要在動，就有希望。只要等得到的，就不是苦。」換成我自己來說，應該會是：越快越好！不用等最好！

*梓潔過去的作品，結局多半是哀傷或是無奈的，《外面的世界》卻一反往例是溫暖圓滿的，爲什麼會想寫這樣的結局？寫作上有什麼心境變化嗎？

我想這還是跟「小說」與「影像」兩種媒介有關。文字可以留在無限深遠的惆悵，影像好像必須讓人看到希望。我自己身為讀者與觀眾時也是，讀小說喜歡掩卷嘆息，但若看電影最後看不到光，會心情不好很久很久。

《外面的世界》初稿的結局，雖然還是兩人重逢，但一開始是帶著一點嘲諷的，就是會在一起都是註死，啊好死不死又碰在一起了，緣分吧，那種宿命。是後來一再修潤，才變成現在的「溫暖圓滿」。

所以也許我在底子裡還是冷硬一點的。我想到我非常喜愛的電影

《浮雲》。導演成瀨巳喜男和原著林芙美子，也選擇了不完全相同的結局。

最後，苦戀一輩子的男女主角終於在一起了，決定共赴潮溼蓊鬱的離島一同生活，女主角雪子卻染上不治之症，客死他鄉。小說裡，男主角富岡在雪子死去的深夜，不停腹瀉，蹲在茅廁裡嚶嚶抽泣。服喪過後，又是一尾活龍，上本島找女人去了。然而，電影裡的富岡，則是好溫柔地，幫雪子畫上口紅，回想起她在越南年輕有活力的容顏，終於流下薄情男的眼淚。劇終。

該說電影總是比小說浪漫，而小說總比電影更血淋淋嗎？我反倒覺得，是愛走到了盡頭，有時是男性（導演成瀨巳喜男）低迴眷顧，而女性（小說家林芙美子）坦蕩決絕：沒了，就是沒了。

*梓潔筆下的故事常見到「機遇」和「偶然」的命題，那像是超乎一切之上的「神」。故事裡表現的「愛情本身沒有對，沒有錯」，是否也與這個命題相關？

「機遇」和「偶然」，或者白話而寬廣一點說，因緣吧。我不認為它們是「神」，反而是，正因我們不是神，所以無能為力，只能順著因緣，被機遇推著走，被偶然扭轉。（笑）

因緣也瞬息在變化，雖然我們會來到此時此地，是因為過去的作為，但現在的意念與行動，也有可能改變未來。我們既在命運之中，也在創造命運。在《遇見》裡，我覺得我處理的比較是，既然無能為力，我們如何應對？

但在《外面的世界》裡，反而變成，在無能為力中，我們還有什麼能力？我想，也許就是愛的能力。記起相愛的初衷，回到那道沒有疑惑的眼神，也許造成重重障礙的機遇與因緣，便會因此改變或退散。

＊既然「外面的世界，深不可測」，那麼有什麼是我們可以相信的呢？

可以相信的，可能就是「信仰」這件事。相信沒有什麼是不變的，相信一切都是因緣聚散和合，相信一切堅固的東西終將煙消雲散，相信冥冥之中有神眷顧。相信真誠。

國家圖書館出版品預行編目資料

外面的世界 / 劉梓潔著 .-- 初版 .-- 臺北市：皇冠 . 2018. 08
面；公分. --(皇冠叢書；第4710種)（劉梓潔作品集；05)
ISBN 978-957-33-3393-7（平裝）

857.7　　107012133

皇冠叢書第 4710 種
劉梓潔作品集 05
外面的世界
作　者—劉梓潔
發 行 人—平雲
出版發行—皇冠文化出版有限公司
台北市敦化北路 120 巷 50 號
電話◎ 02-27168888
郵撥帳號◎ 15261516 號
皇冠出版社（香港）有限公司
香港上環文咸東街 50 號寶恒商業中心
23 樓 2301-3 室
電話◎ 2529-1778　傳真◎ 2527-0904
總 編 輯—龔橞甄
責任主編—許婷婷
責任編輯—蔡承歡
美術設計—嚴昱琳
著作完成日期— 2018 年 7 月
初版一刷日期— 2018 年 8 月

法律顧問—王惠光律師

讀者服務傳真專線◎ 02-27150507
電腦編號◎ 548005
ISBN ◎ 978-957-33-3393-7
Printed in Taiwan
本書定價◎新台幣 300 元 / 港幣 100 元